香港兒童文學名家精選　**周蜜蜜**

兒童院的孩子

U0106318

新雅文化事業有限公司
www.sunya.com.hk

香港兒童文學名家精選

兒童院的孩子

作　　者：周蜜蜜
插　　畫：野人
策劃編輯：甄艷慈
責任編輯：曹文姬
美術設計：李成宇
出　　版：新雅文化事業有限公司
　　　　　香港英皇道499號北角工業大廈18樓
　　　　　電話：(852) 2138 7998
　　　　　傳真：(852) 2597 4003
　　　　　網址：http://www.sunya.com.hk
　　　　　電郵：marketing@sunya.com.hk
發　　行：香港聯合書刊物流有限公司
　　　　　香港新界大埔汀麗路36號中華商務印刷大廈3字樓
　　　　　電話：(852) 2150 2100　傳真：(852) 2407 3062
　　　　　電郵：info@suplogistics.com.hk
印　　刷：中華商務彩色印刷有限公司
　　　　　香港新界大埔汀麗路36號
版　　次：二○一二年七月初版
　　　　　二○一八年十月第三次印刷

ISBN: 978-962-08-5661-7

目錄

生活故事篇

環保故事篇

出版緣起

　　冰心説：「必須要有一顆熱愛兒童的心，慈母的心。」兒童是社會的未來，每一位成年人，都有責任關心兒童的健康成長。而優秀的兒童文學作品，正是兒童健康成長不可缺少的精神食糧。它們蘊含着真、善、美，能真切地反映兒童的心聲，能帶給兒童歡樂和有益的啟示，能鼓勵兒童積極向上，奮發進取。

　　回顧香港兒童文學的發展，由 20 世紀 30 年代香港兒童文學的開始萌芽，到 21 世紀的今天，有許多兒童文學作家一直在為香港兒童文學的繁榮辛勤地耕耘着。他們當中，既有從內地南來的作家，也有土生土長的作家；當中有不少文壇長青樹，也有很多新晉的年輕作家。這些作家為香港兒童創作了一批又一批的優秀作品，為香港兒童文學創作的發展作出巨大貢獻。

　　本公司一向致力於為兒童提供優質讀物，藉踏入 50 周年新里程之際，我們希望更廣泛地推出各種有益兒童身心的圖書，尤其是本土兒童文學作品，因此策劃出版《香港兒童文學名家精選》叢書。

　　本叢書是由各位作家在其已出版的著作中，精選出曾獲過獎，或是能代表其創作風格的作品結集成書。體裁包括童話、童詩、生活故事、兒童小説、科幻故事、幻想小説、散文等。作品展示了上世紀 50 年代至本世紀初香港少年兒童的精神面貌和社會風情，曾在讀者中產生過重大影響，並經得起時間的洗禮。

何紫先生曾説過：「倘若我們不從小培養小孩子閱讀的興趣，他們又怎能建立鞏固的語文基礎？」其實，我們不僅關注培養小孩子的閱讀興趣，提高他們的語文能力，我們更希望藉由優秀的兒童圖書，把愛心、善良、孝順、正直、勤奮、樂觀、堅強、關懷、謙虛、公義等種子植播於孩子的心田。叢書裏的作品既文字優美，更是充滿着真善美的人文關懷。

　　是次出版，我們挑選了在香港兒童文學創作上卓有成就的作家。我們希望由此而為當代少年兒童提供優質的讀物，也為香港兒童文學創作的研究留下具時代意義的印記，更由此表達本公司對兒童文學作家的由衷敬意。

　　本叢書能得以順利出版，全賴各位作家的鼎力支持。此外，特別感謝阿濃先生為本叢書撰寫總序，感謝謝錫金教授和羅淑君女士撰文推薦。

　　為了令讀者對各位作家有更多的認識，叢書還特地設有「作家訪談」，讀者可以由此了解各位作家如何走上文學創作之路、他們對兒童文學的見解等。

　　叢書後設有每位作家「主要的兒童文學原創作品」資料和獲獎資料，旨在為香港兒童文學的原創生態留下史料，並為讀者提供廣泛閱讀的書目。

在孩子心裏埋下愛、美、善的種子

阿濃

兒童文學是文學中最難搞的一門。

所有優秀文學作品要具備的條件，兒童文學都要具備。

但兒童文學的用字用詞有限制，宜淺不宜深。兒童文學的造句有講究，宜短不宜長。兒童文學的表達有要求，宜明白曉暢，不宜過分含蓄艱深。對許多作家來說，就是淺不起來，短不起來，明白不起來。他們做不到，不想做，甚至不屑做。

兒童文學的內容要純淨，像高山絕頂的雪，容不得絲毫污染。因為它是給我們純潔天真的小寶貝的精神食糧，其品質要求更甚於物質食糧的奶粉。但純淨不等於淡而無味，它芬芳，有大自然的氣息；它甜美，如地上樹上藤蔓上的果實；它富於營養，又容易吸收。這就對兒童文學作家個人的品質有了要求，兒童文學作家能標籤為 organic，他的作品才屬於 organic。

許多做父母的都知道餵孩子吃東西是一件苦差，想孩子接受我們為他們而寫的作品，同樣是強迫不來的。兒童文學作家要有十八般武藝，施展渾身解數，令他們笑，使他們覺得有趣，利用他們的好奇，刺激他們思考，引發他們感動，其實是很吃力的。

要成為一個成功的兒童文學作家，他首先要懂孩子的心，那

就需要他自己有一顆童心。他同樣愛吃、愛玩、愛笑、愛哭、愛熱鬧、好奇、愛問為什麼。他同樣愛幻想，不受拘束、仁慈慷慨、視眾生平等。一顆赤子之心，試問在這烏煙瘴氣的世界裏多少人還能擁有？

優秀的兒童文學作家是如此難得，但社會（包括文學界、出版界）對他們又有多重視呢？寫書給孩子看被視為「小兒科」，大家對小兒科醫生十分尊重，對成人文學作家與兒童文學作家之比卻視為大學教授與幼稚園教師之比，使不少兒童文學作家不想擁有這個名號。同樣反映在版稅方面，兒童書的版稅普遍低於成人書，這也使兒童文學作家氣餒。

幸運地，香港還是出現了一批可愛可敬的兒童文學作家，多年來他們創作了豐盛的兒童文學作品。出版了大量的書籍，也被選作課文。在成千上萬的孩子心中，埋下了愛、美、善、關懷、正直、公義、勤奮……的種子，使我們的下一代有普遍的好品質好表現。這是兒童文學作家們最堪告慰的。

作為香港兒童讀物出版重鎮的新雅文化事業有限公司，1991年不惜工本，編印了《香港兒童文學作家系列》，邀請最出色的兒童書插畫家繪圖，硬皮精印，成為香港兒童文學的里程碑。21年後，新雅再次出版一套《香港兒童文學名家精選》叢書，為當代少年兒童提供最好的精神食糧，為研究香港兒童文學留下有價值的資料，同時向香港的兒童文學家們致敬，可謂意義重大。

祝願香港出現更多出色的兒童文學作家，祝願他們的地位獲得提升，祝願他們寫出更多更精彩的作品。

推薦序一

優秀的兒童文學作品歷久不衰

　　要想兒童喜歡閱讀，必須要有大量有趣的，能引起他們的閱讀意慾的優質讀物。我很高興地看到，雖然有人說香港是文化沙漠，但仍有不少兒童文學作家在勤奮地為兒童寫作，各家兒童圖書出版公司每年也為兒童提供大批印製精美的讀物。

　　今年香港書展，香港規模最大、歷史最悠久的兒童圖書出版社——新雅文化事業有公司，推出《香港兒童文學名家精選》叢書，精選一批對本港兒童文學卓有建樹的著名作家的作品，為香港兒童提供最好的精神食糧。

　　十位作家包括：黃慶雲、何紫、阿濃、劉惠瓊、嚴吳嬋霞、何巧嬋、東瑞、宋詒瑞、馬翠蘿和周蜜蜜。十位作家的作品，展示了上世紀五十年代至本世紀初香港少年兒童的精神面貌和社會風情，從不同層面刻劃了香港兒童的成長足跡，以及他們成長中所遇到的困擾。

　　和現在相比，上世紀的兒童生活和現今的兒童生活有着很大的差別，他們的生活遠比現在的兒童困苦。但是兒童的心性是相通的，他們的歡樂和煩惱，無一不是當今香港兒童所常遇到的；而他

們面對挫折而表現出的勇氣和智慧，又給當今的少年兒童提供了有益的啟示和學習榜樣。

優秀的兒童文學作品影響力歷久不衰，本叢書正好印證了這一點。

我誠意向各位關心兒童健康成長的家長和教師推薦這套有益兒童身心的優質圖書，也藉此向各位辛勤耕耘的兒童文學作家表示敬意。

謝錫金
香港大學教育學院中國語言及文學部教授
香港大學中文教育研究中心前總監

推薦序二

向陪伴兒童成長的文學作家致敬

　　收到新雅的邀請，為這套《香港兒童文學名家精選》寫推薦序，實在有點兒受寵若驚。為的是叢書內網羅了香港差不多半世紀內鼎鼎大名、優秀的兒童文學作家。其中黃慶雲（雲姐姐、雲姨）更在1938 年曾到本會位於香港大學馬鑑教授的西營盤宿舍樓下的會所為街童講故事，她是推動本港兒童閱讀的先行者。

　　《香港兒童文學名家精選》內的作家都是香港兒童文學上的中流砥柱，他們的著作吸引了無數的讀者，深受新一代歡迎。在本港推動閱讀文化的各項活動中，鮮有不包括他們的作品。

　　雲姨是全球知名的兒童文學家；周蜜蜜是雲姨的女兒，以香港兒童成長為題，對兒童成長經歷的過程有細膩深刻的認識；何紫先生將不同年代的童年呈現，伴隨香港的成長，閱讀他的童話就像閱讀香港不同年代的社會發展；東瑞的故事，天馬行空、科幻、出人意表的情節啟迪兒童對未來的好奇，跨越常規的突破和創意；馬翠蘿對人際關係的敏銳描述，是小學生最喜愛的作家；阿濃讓跨代爺孫親切之情、愛護環境等浮現於故事情節中；何巧嬋校長以童話手法寫香港孩子的生活，希望小讀者能跳出眼前的局限；劉惠瓊姐姐

透過動物故事，將兒童成長責任中的困惑、與朋友的交往娓娓道來；嚴吳嬋霞女士的作品描述了兒童的純真。

優良的圖書和故事作品，會令培育兒童愛上閱讀變得輕而易舉。

如果說多運動能令兒童體格強壯，多閱讀則令兒童心智豐盛。小學階段，兒童從 6 歲開始到 12 歲的期間，是發展閱讀最重要的階段。兒童成長中，9 歲以前，是要學會掌握閱讀的能力；9 歲以後，他們透過閱讀去學習日新月異的知識，透過文字故事以豐富人生成長的經歷。好的故事、引人的情節、雋逸的文筆不單能為新一代開啟知識之門，讓思想騰飛，還能接觸社會內不同的價值取向、人際交往關係之錯綜複雜面。

《香港兒童文學名家精選》包含的故事仍是我們推動兒童閱讀的工作者經常採用的。它不單將本港兒童文學作出一個較為整全的匯聚，同時亦為父母提供了一個安心的選擇，羅列了多元化、鼓勵兒童閱讀的好作品。

謹此向一羣努力耕耘、陪伴兒童成長的文學家前輩和翹楚致敬……

羅淑君
香港小童群益會前總幹事

我在兒童文學創作歷程中走過的腳步

周蜜蜜

　　兒童文學的創作天地，是無窮無盡的幻想世界。回想我投筆於這個世界，是和新雅文化事業有限公司有着非常密切的關係的，因此，當新雅為我選編這一本作品選集之際，我感到分外親切和喜悅。選進這本書裏的每篇作品，實際上也呈現出我在兒童文學創作歷程中走過的腳步。

　　首先選編的兒童小說《兒童院的孩子》，是我在香港兒童文學名家何紫先生的親切鼓勵下創作的篇幅比較長的兒童小說，集中反映社會上的家庭問題對於兒童成長的影響。這個作品受到何先生的讚賞，由他親自作序，在山邊社出版。因為反應熱烈，何先生又向香港首屆中文文學創作雙年獎兒童文學獎提名，經過評選，獲得獎項。可惜何先生不幸病逝，看不到作品獲獎的結果，這成為我終生的遺憾，也懷着終生的感激。該作品後來在何夫人的主持下再次出版，其中片段，由香港電台編製為動畫播映。

　　這篇兒童小說的創作成功，給予我極大的鼓舞，榮譽並非最重要的，相對而言，堅定了我走上兒童文學創作道路的決心和信心，這才是作品所帶來的深遠意義。從此，我堅持業餘創作兒童文學作品，不能間斷。

另一篇環保童話，《愛你！愛你！綠寶貝》是利用本地的真實素材，加上兒童文學的想像創作而成，是我創作的有本地特色的環保童話，希望喚起兒童對香港本地瀕危的綠海龜生存生態的關注和保護。作品出版之後，收到不少讀者來信，其中有家長讀者，也有兒童讀者，更有些學校把這部作品列為閱讀焦點，甚至改編成戲劇，邀請我去觀看演出。不久之後，這個作品也引起各方面的關注，獲得冰心兒童圖書獎。我想，能以兒童文學之筆，為環境保護事業作出貢獻，是我的最大回報，更樂於在此再次和小讀者們共同分享。

　　當然，這本書的出版，應該歸功於新雅，令我有機會能回顧這麼多年來所走過的兒童文學創作的道路。在這條曲折不平，卻又風光無限的道路上走過來，我除了在香港本地獲得各種獎項，作品被收入中、小學教科書，以及公民教育、法律教育、性教育等等的教材內，還在內地獲得冰心兒童文學獎 、張天翼童話獎等各種兒童文學創作獎項。

　　然而，在一個處處講求經濟效益的商業社會裏，要堅持純兒童文學的創作和出版，是十分艱難的。新雅是香港為數極少的支援本地兒童文學創作出版的機構，數十年來不斷為廣大兒童青少年讀者提供了豐富多彩的兒童文學作品，實屬難能可貴，令我和我的讀者們都深深地感動與感激。在此，再次向新雅的主持人和編輯，表示最衷心的謝意！

不斷創新的兒童文學作家

——周蜜蜜

不斷創新的兒童文學作家

—— 周蜜蜜

　　周蜜蜜是一位喜歡不斷嘗試、不斷創新的兒童文學作家，她對時代的觸覺十分敏銳，很多社會新話題，很快就會出現在她的作品中。藉着此次的圖書出版，我對她作了一次訪談，聽她細述她如何走上兒童文學創作道路。

我中學時就喜歡寫作

　　時光倒回到 20 世紀的 70 年代。

　　周蜜蜜説：「我是上世紀 70 年代末開始寫作兒童文學作品的。我中學時就喜歡寫作，不過文革*時沒有創作的園地。我後來到廣州近郊做知青*，農場的場長很重視文化，他安排我到廣播站工作，每天都要採訪及寫稿，這為我積下了寫作經驗。調回廣州後，《青少年報》邀請我

周蜜蜜和希臘著名兒童文學作家尤金。

寫稿，我寫了一篇童話《故事書的故事》。這是一篇很有社會性的作品，以書自述的口吻講述它文革前被鎖在櫃子裏，小朋友沒有機會讀書，打倒『四人幫』後它重見天日，和小朋友見面。當時很少有人這樣寫童話，因此引起很大的反響。

「1979 年移居香港後，我加入電視台工作，做兒童節目《醒目仔時間》的編劇。當中有一個《布公仔劇場》，我需要每天編寫結合兒童生活的劇本給演員演出，由此開始編寫兒童劇本。

「後來認識了何紫先生，他邀請我寫稿，開始時是寫《香港掌故》，講述一位退休教師帶領小朋友遊歷香港，接着創作長篇童話《神面公主》，後來創作了《兒童院的孩子》。何紫先生提名我參加香港中文文學雙年獎，本書獲得了第一屆兒童文學雙年獎。

「我又曾參加新雅多次的寫作比賽，並且獲獎。又在報紙主編《兒童副刊》……就這樣，我一直走來，一直寫下來，不知不覺已三十多年。」

寫作靈感主要靠平時的生活積累和觀察

周蜜蜜的作品，常能活靈活現地刻劃出兒童的神態和心理活動，有很強的生活氣息，很容易引起兒童的共鳴，因此，我問她從何處取得寫作靈感和怎樣捉摸兒童心理。

她說：「這主要是靠平時的生活積累和觀察，積累得多，有時創作時就會從這件事聯想到其他事，這樣就會產生靈感。當然，

也有自己的童年經驗和觀察自己的孩子。

「至於捉摸兒童心理，那就是我盡量用他們的眼光去看事物，用他們的心去思想。當然，不同的作品會有所不同，而且還要看這個作品是寫給哪個年齡層的孩子看，有的是幼稚園學生，有的是小學生，有的是中學生。不同年齡的兒童，他們的心理也不同，這些我都會留意。

「和讀者的緊密聯繫，對我捉摸兒童心理也很有幫助。我的讀者很多，他們常常寫信給我，有個讀者甚至從幼稚園到讀大學，都和我保持聯繫，他考上哪間小學、哪間中學，以及哪間大學，他都寫信告訴我。」

兒童文學寫作的「輕」和「重」要處理得好

從開始創作到現在，周蜜蜜在香港、內地和台灣等地出版的著作已超過 100 部，她的作品種類繁多，包括童話故事、短篇小説、科幻故事、環保故事、散文、遊記、長篇小説等等，涉及的範疇十分廣。周蜜蜜説由於創作時所涉及的層面較闊，有時寫作時也會遇上瓶頸。

她説：「遇到這種情況，我通常把筆放下。尤其是寫科幻故事的時候，怎樣去突破一個情節的轉化，或是人物性格的轉變，經常會有一些地方被卡住。這是很正常的，如果太順暢，有時反而會流於簡單化。碰上這種情況，我就會停下來，再多看些資料，或者是做做其他事情，然後再想。」

周蜜蜜常應邀為兒童做各種各樣的講座，她熱愛兒童，十分關注兒童的身心健康，因此，對於怎樣的兒童文學作品才稱得上優秀，她有着一份執着的堅持。

　　「我認為優秀的兒童文學作品，一定要具備以下三個方面的因素。第一，要有趣味，對小朋友有吸引力。若不能吸引小朋友閱讀，那怎麼算得上好作品呢？因此，古今中外優秀的兒童文學作品都很符合兒童的心理，讓兒童覺得有趣，覺得你說出他們想說的東西。優秀的兒童文學作品，必須包含科學道理、生活哲理和常識。我常常強調這三項元素。

　　「第二，要對兒童成長有益，有幫助，能幫助兒童身心健康成長。

周蜜蜜在圖書節為兒童讀者演講、簽名。

第三是兒童文學寫作的『輕』和『重』要處理得好，才算是好的兒童文學作品。『輕』是指不要『水過鴨背』，讀者看完就算，沒有任何的得益。好的兒童文學作品，必須有社會意義，有人生哲理，能幫助兒童成長。」

影響最大的作家有冰心、林海音和媽媽黃慶雲

周蜜蜜的媽媽是著名兒童文學作家黃慶雲女士，有人說周蜜蜜在文學創作上取得成就，那是因為得到她媽媽雲姨的真傳。不過，雲姨告訴我：「蜜蜜 in（指創作上的成績）不是我的作用，反而是她幫助我不要 out（指和時代脫節）。」我把此話轉告周蜜蜜，她不由大笑起來。

她說：「影響我的作家有很多，當中接觸過和比較親密接近的有冰心。我很小的時候，媽媽就帶我去見過她，而且我很喜歡她的作品。第二個是林海音，她和我情投意合，我去台灣旅遊，她還邀請我住在她家。我看過她很多作品，包括著名的《城南舊事》。我的作品她也看得很仔細，有時還會提出意見。她喜歡的，就拿去刊登。

「當然，還有我媽媽。我從小就看她的作品，我們經常討論、交流寫作上的問題和心得，她也會聽我的意見。」

最特別的創作趣事是女兒要種牙牙送給嫲嫲

談到創作生涯中有哪些有趣和難忘的事，周蜜蜜一件件細數：「有趣和難忘的事情很多很多，最有趣的，是我女兒小時候脫了一隻牙齒，她到處找花盆。我問她要幹什麼，她說：『我要種牙，種出來的牙是真的，送給嫲嫲，這樣嫲嫲就不用戴假牙了。』我覺得很好笑，因為這是大人們不會想到的，這就是童真、童心啊！於是我便把這事寫成了一首童詩《種牙牙》，投稿到《兒童日報》。

編輯告訴我，排字房的工人一邊排字，一邊笑彎了腰。後來林海音看到了，也很欣賞。這首詩後來還獲獎。女兒看到這首詩，說：『這是我的版本，我要拿回版權。』」回憶起此事，周蜜蜜仍忍不住哈哈大笑。

「其他特別旳事還有，有的讀者後來和我是同事，有的讀者做了教授。有一次我到太空館參觀，那兒的主管對我說：他很喜歡看我的作品，小時候就曾看過我的《尋龍探險記》。而最特別的事，是我媽媽的讀者也和我有密切聯繫，例如豐子愷的女兒豐一吟。她父女二代人，與我母女二代人，既是作者，又是讀者，彼此之間的關係超乎尋常，很有意思。」

獲獎鼓舞了我不斷前進，不斷創新

我瀏覽着周蜜蜜客廳裏的巨大書架，發現裏面既有古今中外的文學名著，有她和她媽媽的作品，還有一些文學獎座。

細數下來，周蜜蜜所獲得的獎項，幾乎囊括了香港和內地各種重要的兒童文學獎：八十年代最佳兒童故事創作獎、香港首屆兒童文學雙年獎、冰心兒童文學獎、張天翼兒童文學獎、香港中文文學創作兒童文學獎、香港首屆書獎和香港環保兒童故事獎等等。

周蜜蜜說：「每次獲獎，都鼓舞了我在兒童文學創作道路上不斷前進，不斷創新。也令我想起了一些前輩對我的鼓勵，尤其是《兒童院的孩子》獲首屆兒童文學雙年獎的時候，我很遺憾何紫先生不能看到我領獎。他對我的鼓勵，我一直沒有忘記，也因

此，我告誡自己不要辜負何紫先生和讀者的期望，一直寫下去。」

　　我印象中的周蜜蜜，總是來去匆匆的。確實，她是生活中的大忙人，而且她很多時候都走在別人的前面，當電子書方興未艾時，她的兒童文學創作也進入了電子書階段。談到她最近的寫作計劃，她說：「我將寫作與歷史、中國文化、神話及和兒童生活有關的兒童文學作品。近來我投入兒童環保童話音樂劇和動漫創作，今年計劃出版六本親子電子書。」

周蜜蜜在中國少年作家班頒獎禮上，與著名兒童文學作家秦文君交談。

注：

＊文革：即文化大革命，是 1966 年 -1976 年在內地發生的一場重大政治運動。

＊知青：知識青年的簡稱。指從 1950 年代開始，一直到文化大革命結束為止時自願或被迫從城市下放到農村做農民的年輕學生。

生活故事篇

兒童院的孩子

（榮獲 1989 年八十年代最佳兒童故事獎，1991 年
第一屆香港中文文學雙年獎）

1. 進了「兒童之家」

這一天很早很早，媽媽就把真真叫起來了，而且，特別仔細地為真真梳洗一番，還在真真兩條小小的髮辮梢紮上一對粉紅色的大蝴蝶，連真真也覺得自己一下子變得比以前更好看，像「大姑娘」了。

接着，媽媽又拿出一套很乾淨的罩裙，讓真真穿上。這樣，真真便忍不住要問了：「媽媽，今天又是聖誕節嗎？」

「啊，不。」媽媽好像心裏想着什麼事似的，緩緩地搖頭，然後説，「真真，媽媽今天要送你進兒童之家了。」

「兒童之家？那是什麼地方？媽媽也和真真一起住嗎？」真真好奇極了。

「那是你應該去的地方。」媽媽的聲音一下子就變得又低、又輕。説着，她又走進房間，換了一套也是洗得很

乾淨的、淺紫色的衣裙走出來，就帶着真真出門了。

大街上的行人還很稀少，媽媽和真真搭上一輛巴士，出了市區，一直向郊外駛去。

真真瞪大了眼睛，看着車窗外的一切：樹呀、草呀，田野啊、山丘啊，每一樣對真真來說都是很新鮮的。她從來沒有去過郊外呢。

也不知走了有多遠，巴士在一個有篷頂的車站停下，媽媽便帶真真下車，拐進一條彎彎的路上。走了一會兒，到了一間有圍牆的大屋。

媽媽按了按門鈴，有人來開門了。

嘩，裏面真大呀！有綠茸茸的草地，有灰溜溜的石山，還有高大濃蔭的樹兒。更多更多的，是像真真一般大小的孩子。他們就像看什麼新奇寶貝似的，把真真和媽媽圍起來，還叫着：「又來一個啦，又來一個啦！」

真真有些不明白，什麼叫「又來一個」呀？

「讓開、讓開！」開門的人大叫着。她是個剪短頭髮的女子，臉上卻一點兒表情也沒有，真真看不出她是高興還是發怒。不過，周圍的人似乎很聽她的，果然讓開了路。真真和媽媽跟着那人，走進一間小房子去登記。又過一會兒，媽媽拉拉真真的手，叫她在這裏乖乖地聽大人話，便

離去了。

「媽媽！」真真想不到要自己一個人留在這裏，很不安地追着媽媽的背影。可是，媽媽越走越快，不肯回頭，一隻手似乎緊緊地掩着臉，匆匆地走出大門，走出圍牆外。

「真真！回來！」剛才給她開門的女子大聲地叫道，「你知道嗎？我是這裏的舍監馬姑娘，從今天起，你就要聽我的。」她板着臉對真真説。

「嗯。」真真又敬又畏地回應着，用手抹去眼角的淚水。這時，屋裏面的收音機裏斷斷續續飄送出粵曲唱段「君心何太忍……」

「哈！真真何太忍！」一個圓頭圓腦的小男孩，「嚓嚓嚓」地從真真身邊跑過，邊扮鬼臉，邊嬉笑着叫嚷。

「真真何太忍！真真何太忍！」

四周的孩子，忽然一聲高一聲低地叫開了。真真驚奇得顧不上擦眼淚，眼珠子骨碌碌地四望着，她想不到，自己的名字會這樣地被編成歌兒去唱！她更搞不清楚，這是一種什麼樣的歡迎儀式！

2. 爸爸和媽媽

「吵什麼呀？馬上就要上課了！」馬姑娘這麼一聲吆喝，也真見效，所有孩子都閉上了嘴，「兒童之家」變得安靜了。

果然，一陣鈴聲響了，真真隨着其他的孩子走進了一個大房間裏，這裏有許多桌椅，每一個孩子佔一個位子，都老老實實地坐了下來。

「小朋友們好！」一位留着長長直髮的女子，滿臉帶笑地走了進來說。

「許先生好！」所有孩子應道。

「我們今天上音樂課。我先放卡帶，等會兒，大家跟着一齊唱。」許先生轉身去撥弄一架盒子似的東西，那裏面就播放出一些很好聽的歌兒來。

「來，我們跟着拍手唱！」許先生又說。於是，大家便很有節奏地拍起手掌。真真當然也會這樣做，她覺得很好玩，暫時不想媽媽了。

唱了一段時間，鈴聲又響了，許先生把音樂停了，向孩子們點點頭說：「下課了。」便走出去。房間內的孩子又喧嘩起來，有幾個還向真真這邊擠過來。其中一個圓頭

圓腦的男孩子叫道：「喂，真真，你真真的告訴我們，你是從哪來的？」真真把頭一低，身子一縮，就是不說話。她從來也不認識他，怎麼能隨便回答他哩？

「別理他，我們出去玩。」一個長着胖胖的臉蛋，頭髮剪得很短很短的女孩子，走過來拉着真真，很友好地邀請道。

真真雖然和她也不相識，但心裏不再害怕了，也不知為什麼，就很信任地跟着她走出房間，到了外面的院子。她們一齊來到一棵很高大的樹下，地上有一些落下的樹葉，還有一些半謝的紫色小花。

「你叫真真是吧？我叫圓圓。」女孩子自我介紹說，又彎腰拾起一朵小紫花，遞給真真，「我們以後做朋友，好嗎？這朵紫荊花，就送給你。」真真接過花，點點頭。

「你答應了，真好。剛才，是你媽媽送你來的嗎？」圓圓的問題真多，真真只好又點點頭。

「我可是爸爸送來的。對了，你的爸爸呢？」圓圓再問，真真這次有些慌了，爸爸？誰是爸爸？真真可從來也不知道。她迷惑地搖搖頭。

「怎麼？你不知道？你不知道爸爸？」圓圓大吃一驚，聲音也大了，居然招來了旁邊的人，連那個圓頭圓腦的男

孩子，也好管閒事地過來了，他裝得很老成的樣子，插嘴說：「誰不知道爸爸呀？就跟我以前一樣，我也是沒有爸爸的。」

真真好奇地望了他一眼，現在她不怎麼討厭他了。

「他叫偉偉。」圓圓介紹說，「既然真真沒有爸爸，就不說爸爸了，講講媽媽吧。我的媽媽像個茶壺，整天叉着腰，講話的時候嘮叨不停，還常常罵爸爸。」

「我的媽媽可不像茶壺，她很瘦，就像樹枝差不多。」偉偉指指旁邊的大樹說，「真真，你說說，你的媽媽像什麼？」他突然回頭問。

「像、像……」真真一下答不上來，她真沒想過這問題。但當她一眼看到手中的紫荊花，就像見到穿着淺色紫衫裙的媽媽，便衝口說道：「像這朵紫荊花。」

「哈，像紫荊花的媽媽一定很好看。」又一個瘦高的男孩子走過來說，「我的媽媽卻不，她像是架角子機 *，每次爸爸喝完酒，總是搖呀搖的，搖着媽媽喊要錢。」

「他叫皮皮。」圓圓附在真真的耳朵旁邊說。一下認識了這麼多的新朋友，真真覺得「兒童之家」的日子不難過了。

＊角子機：即老虎機，一種經常在賭場見到的賭博機器。

3. 被罰擰耳朵

時間像是個裝了滑輪的無形快車，一下子就溜走了。黑夜張開了巨大的、黑暗的翅膀，不知不覺地飛落到「兒童之家」。

真真勉強地吃完晚飯，悶悶地來到大門口，眼巴巴地等着、等着，她多希望看到媽媽啊！

「你出來幹什麼呀？這不合規矩，快回屋裏去！等會兒打了鐘，就要上牀！」一個聲音直衝真真的耳鼓。她回頭一看，是馬姑娘毫無表情的面孔。真真鼻子一酸，想哭，但又不敢哭出來，便只好低了頭，走回屋裏去。

「真真，進了『兒童之家』，就不能想回家了。」圓圓很認真地勸説道，「你就當這裏是自己的家吧。」

「不對，這裏一點兒也不像我的家。」真真總不能把這裏和自己的家聯想在一起。

「可你有什麼辦法呢？大家就是要我們不回自己的家，才把我們留在這裏的。你別像我剛來那時一樣地傻氣了。」圓圓現身説法地解釋。

「得了，你自己根本沒有家，就別説了。」皮皮揭穿圓圓的底説。

「你亂講！我爸爸賣椰汁的手推車，就是我的家。」
圓圓不服氣地糾正説。

「算了算了，人都來了這裏，有家沒家還不是一樣。」
偉偉走來平息了大家的爭吵。他們一同走入電視室，看了
一會兒電視節目，覺得沒有什麼趣味，因為那都是打打殺
殺的武俠片，以前也看得多了。又過了一會兒，馬姑娘像
趕鴨子似的，把他們趕進洗澡間去。淋浴、洗臉、漱口等
等都輪流做完了，熄燈鈴便響遍整個「兒童之家」。

所有的孩子，都跟着馬姑娘走到一間寬大的寢室裏，
這兒有大小一律相同的牀位，真真被安排在靠牆角的一張，
上面有鋪蓋、蚊帳，但都比家裏的小。

等孩子們都躺好，馬姑娘便走了。寢室內漆黑一片的。
真真翻了一下身，牀便發出「吱吱咯咯」的響聲。她想起
媽媽要是在身邊，一定會幫她蓋被子，又用柔軟的手掌撫
摸她的。但是現在……真真忍不住哭泣起來，但又怕被別
人聽見，只好用被角堵住嘴巴。

「喂呀，黑馬走開啦。偉偉，快講個好笑的故事吧。」
這是皮皮的聲音，他真是個古怪頑皮的孩子，真真想。

「講什麼呀？我的好笑故事都沒了。」偉偉為難地説。

「那就叫皮皮自己講好啦。」圓圓也加了進來。

「叫我講？我不會呀。新來的『真真何太忍』……讓她講怎麼樣？」皮皮提議説。真真嚇了一跳，她不哭泣了，驚慌地用被角半塞着嘴，含混不清地大叫着：「別，別叫我、我、我不會講，我媽媽才會，媽媽，唔……」真真又哭了。

「你們別逗真真了，人家心情不好。」圓圓為真真開脱着。

「那好，我來説。」偉偉自告奮勇地説開了，「從前，有一個人，他放的屁是香的……」

「得，他就沿街賣屁香是吧？」皮皮一下打斷了，怪叫着，「賣屁香呀，賣屁香，賣給老爺們薰櫃箱，哈哈……」

他叫得那麼滑稽，真真禁不住在被窩裏「咭咭咭」地笑了起來。

「吵什麼？起來起來，你們都反了！」馬姑娘忽然怒氣沖沖地走進來，把皮皮拽下了牀，接着又拉偉偉、圓圓，最後是真真。

「你們都不要睡了！罰站！舉起手，擰着耳朵！」馬姑娘厲聲喝令，孩子們都不得不聽。

「我沒有吵。」真真哭着説。

「你騙不了我！我聽到你在笑！」馬姑娘怒喝道。真真不敢開口了，淚水簌簌地一直滴到地上。

4. 獨自出走

「你們都老老實實地站好，等會兒我就回來檢查。如果誰還要作怪，我就要加倍懲罰，讓他一直站到天亮！」馬姑娘聲色俱厲地對真真等幾個孩子説畢，就轉身走了出去。

「這回可慘了。」皮皮首先打破沉寂，擠眉弄眼地説。

「啪！」偉偉大力地向腿上拍一巴掌，一個黑豆粒般大的蚊子在他的腿肚上扁貼着，濺了不少血汁。

「這新界的蚊子就是大，幾隻就能裝一碟子。」皮皮又打趣道。

但是，誰也沒有心思再開玩笑。圓圓的兩個膝蓋互相碰擦着，一臉苦相地哀叫：「癢死我了。都是皮皮害的。」

「誰害誰了，還不是你叫人家講故事的嗎？」皮皮立即抗議。

「我叫你小聲地講呀，你卻那麼大叫大嚷，把馬姑娘招來，看你站到天光吧。」圓圓不忿，怨惱地詛咒道。

「嘿，站到天光就站到天光唄，反正我也睡不着。」皮皮嬉皮笑臉地回答。

「要站你自己站吧，我可要睡覺了。」圓圓厭煩地打了個大呵欠，徑自爬回牀上。

「你敢，馬姑娘就要來……」皮皮故意嚇圓圓，哪知道真真「哇」地痛哭起來。

「哎呀，別聽他們的，馬姑娘不會這麼快來。你們都上牀睡吧，我在這裏留心聽着，一有馬姑娘的動靜，就把你們叫起來。」偉偉想了個主意説。

「好啊，好啊。」皮皮和圓圓一齊叫着贊成。

「我不，我要回家，找媽媽！」真真傷透了心，她也不管那麼多，一邊抹着眼淚，一邊就走出寢室的門口，偉偉他們攔也攔不住！

寢室門外，是一條窄窄、長長、黑黑的走廊，要是在平時，真真有媽媽陪着走，也會感到害怕的，但是，現在她一心要回家，就顧不了那麼多，兩隻小腳丫不停地走啊，走啊，有時撞到牆壁上，硬梆梆的碰痛了手和腳，她也不肯停下來，一直到了一處拐角的地方，真真隱隱約

約看見眼前有兩條不同方向的通道，究竟該走哪一頭才對呢？她不得不站住。

「這一條路前面好黑，怕是走不出去的吧？」真真望望右面的一頭，心裏暗想。然後，又把頭轉向後面……

忽然，從橫裏閃出一個高高的人影來，她還向着真真說話哩：「咦，小傢伙，你怎麼會獨自跑到這裏來了？」

「嗚哇……」真真驚叫一聲，撒腿就跑。

「別跑！別跑！小心會跌倒呀！」那個大人影一步不放地緊緊追來。

「媽呀！」真真兩腿一軟，身不由己地趴下了。

5. 阿英姐

真真趴在過道的地上，雙眼緊緊地閉上，一顆心就像小鹿似的，「怦怦怦」撞跳着。真可怕呀，那個大人的黑影子！大禍臨頭了……

接着發生了什麼事情，真真已經不清楚了。她已經嚇得失去了知覺。

過了好一會兒，真真覺得眼前有一些柔和的光，四周卻十分寧靜。她便想坐起來，同時，睜開了眼睛。立即，

一個陌生的女人的臉孔，佔據了她的視線。真真又驚又怕，兩手蒙住臉，「嗚嗚嗚」地低聲哭起來。

「喲，小寶貝，別哭，別哭。」那女人用手掌撫摸真真的臉蛋，柔聲地哄着説。真真覺得她的口吻有點像媽媽，但她的手掌，就比媽媽的粗糙得多，碰在臉上，很不好受，真真急忙把頭轉開。

「這孩子，嚇着了吧。我怎麼沒見過你？是剛到兒童院的吧？」那女人盯着真真，不停地説着，真真就是不肯把頭轉過來對着她，也不答理她的話。

「唉，怪可憐的，三四歲的孩子，和我那珍珍差不多大吧。怎麼也捨得往這兒童院送？那當媽媽的，當媽媽的啊！」

真真聽那女人説着，忽然沒有了聲音，她不由得奇怪地轉過臉來。咦，那女人低頭在抹眼淚哩。真怪，真真這麼大個人了，還從來沒有見過大人這樣哭的呢！還有，她説什麼她的真真？她怎麼會有真真？真真明明是媽媽的，這個人從來不認識的呀，又怎麼會知道真真？真是越來越弄不明白了。真真呆呆地對着那哭泣的女人，也不知該怎麼辦。

沒多久，那女人重新抬起了頭，望着真真，友善地一

笑。真真這才看清楚，原來她比媽媽老。

「孩子，沒嚇着你吧。我是阿英姐，在這兒童之家裏專門為你們這些孩子洗衣服和煮飯的，別怕。」

真真半張開嘴巴，但卻沒有説話。

「這裏不比在家，半夜三更的，不能亂跑，想玩的話，就在這裏玩吧。」那女人——不，應該是叫阿英姐，並不介意真真不説話，轉身拉開牀頭的一個櫃桶。

真真趁機向四周看了看，原來這是個很小的房間，不過，收拾得很整齊，真真正坐在一張很舒服的牀上。

「你愛玩什麼，自己拿吧。」阿英姐指着拉開的櫃桶，對真真説。

真真湊過去一看，哇！裏面放着許許多多布做的、絨線織的小玩意。有小雞啦，小兔啦，娃娃啦，看得真真心花怒放，這比她在聖誕節時得到的禮物玩具還要多啊。

「喜歡嗎？」阿英姐問。

「嗯。」真真應了一聲。

「好，都拿上牀玩吧。」阿英姐很快地把玩具都撿到真真身邊。真真開心地笑了。

「啊，這孩子真漂亮。你幾歲了？」阿英姐又問。

「過了年四歲。」真真回答説，這是媽媽教過她的。

「好，那你叫什麼名字？」

「真真。」

「珍珍？什麼，和我那死去的女兒一樣的名字，這麼巧？我們真有緣了！」阿英姐忽然忘乎所以地伸手把真真摟進了懷中，真真簡直不知所措。但她聽到阿英姐「怦怦怦」的心跳聲，和自己的心跳是一個節拍的。

6. 早晨「大件事」

「咦呀！嘻嘻……」真真覺得腳板上搔癢搔癢的，忍不住失聲笑了起來。這一笑不要緊，使她從睡夢中醒了過來。真真猛地睜開了眼睛，但她不敢相信，自己居然躺在宿舍內的小牀上。這到底是怎麼一回事呀？她怎麼也想不起來，偏偏在這時候，她的腳板又要命地被搔癢了。

「嘻嘻，不要，不要，嘻嘻」，真真又笑又叫，她一眼看見躲在她牀下的幾個小黑腦袋，那正是皮皮、圓圓，當然，還有偉偉。

「醒了嗎？懶豬。」皮皮說。

「是你們把人弄醒的。」真真把腳縮回，坐起來，沒好氣地說。接着又忍不住問：「是誰把我放回牀上的？」

　　「可能是阿英姐
吧。」偉偉説。

　　「那你們呢？有回到牀上睡嗎？」
真真又問。

　　「我們可沒這個福氣，是自己偷偷爬回牀上的。」圓
圓答道。

　　「那馬姑娘呢？她不是要罰我們的嗎？」真真不明白。

　　「噓——你別説了，好在她一夜都沒回來，我們現在
就是要早些起來，裝作還在擰耳朵的樣子，要不然讓她發
現我們偷睡了，那就更壞啦。」皮皮眨着眼説。

真真一聽，也急了，連忙從牀上爬起來，跟着皮皮他們到過道去站好。

不一會兒，馬姑娘果然向着這邊走來，皮皮低聲數「一二三」，大家一齊把頭低下，擰着耳朵。

「哼，裝得不錯。」馬姑娘斜眼望着他們說，「現在快到下面洗手間去，我慢慢再找你們算賬。」

一聽這話，真真兩個膝蓋就嚇得直發抖，偉偉在她耳邊輕輕說聲：「別怕，跟我走。」她才壯了壯膽，跟着小伙伴一齊下樓去了。

「好啦，快，一個跟一個，進去好好洗臉，排大便，誰要不排清大便，就不能吃早餐。」馬姑娘板着臉宣布。

排大便和吃早餐，這不明明是兩件不同的事情嗎？真真怎麼也不能把它們連在一起，她有些摸不着頭腦地走進了洗手間。裏面除了有很多水龍頭之外，還有一排排坑渠，所有兒童之家的孩子都要蹲上去。

「這回慘啦，我又沒早餐吃了。」皮皮解着褲子，苦着臉說。

「你少說廢話，誰不知道這是馬姑娘規定的『早晨大件事』，快蹲下試試吧。」偉偉早蹲下了，不耐煩地對皮皮說。

真真離開媽媽以後，這天還是頭一次自己洗臉呢。她擰開水龍頭，把毛巾洗得濕濕的，往臉上一擦，覺得很好玩。正要再來一次，忽然聽到馬姑娘的喊聲：「別亂來，好好過去蹲下，排好大便再出去。」

7.「借過」

洗手間內，所有孩子都蹲下了。洗手間外，馬姑娘眼瞪瞪地守衛着門口，無論是誰也逃不過她的監視。

真真這才明白，皮皮為什麼會叫「慘了」，這件事情可真不好辦。她看看蹲在旁邊的圓圓，把一張原來已是又胖又圓的臉蛋，脹得紅通通的，就像是一個大番茄，而對面的皮皮，恰恰相反，一張瘦長的臉龐，像被痛苦扭得更長更窄了，黃黃的有點像隻變形香蕉。

「唉，好了，真是辛苦死人。」圓圓大歎一口氣，站了起來，提着褲子向門口走去。

「真的排完了嗎？帶我看看。」外面傳來馬姑娘不信任的聲音。接着，圓圓把馬姑娘帶到坑渠前。馬姑娘捂着鼻子，看到了坑內的排洩物，這才放圓圓走。

皮皮等她們一轉身，就向偉偉扮鬼臉：「怎麼辦？我

的早餐吃不成，送給你吧。」

「我又不是餓貓，誰要吃你的早餐，不如還是想個辦法走吧。」偉偉咬着牙説。

「我，沒辦法呀！」皮皮的臉快要擰出一把淚水來。真真呢，差不多哭着説：「求求你們想辦法呀，我不想再蹲在這裏了！」

「等等，再堅持一下。」偉偉鼓勵地望了她一眼，忽然閉住嘴。又有一些孩子出去向馬姑娘報告，「完成任務」了。馬姑娘照例又檢查一番才放人。

時間越長，真真的腿就越變得發麻，像有無數隻小螞蟻在一起咬着，她的眼淚一直滴到坑渠裏去。

「喂，真真，你過去蹲着！」偉偉不知什麼時候跑過來，指着真真旁的位置説。真真不大敢走動。

「快，馬姑娘就要來了。」皮皮在另一邊催促着。

真真一看，皮皮原來也換了個位置，她便顧不上許多，向偉偉指示的位置蹲下。偉偉和皮皮互相交換了一下眼色，然後，一起跑出去。

「我和皮皮、真真都行了。」偉偉大聲地報告説。

「行了？怎麼行了？我看看才算。」馬姑娘的聲音由遠而近。真真緊張得站了起來。

「你看呀，看呀！」偉偉卻一點兒也不怕，還這邊那邊地指着讓馬姑娘看。她終於沒別的話說了。

「借過！借過！」偉偉帶着皮皮和真真，很得意地喊着，笑着，大步走出了洗手間。

8. 講故事

如果説，馬姑娘的臉上，是常常讓烏雲遮蓋住的，那麼，許先生的臉上，都是布滿了陽光。所以，「兒童之家」的黑夜歸馬姑娘管，白天卻屬於許先生，可能就是這個原因吧。

真真和小朋友們很安靜地坐在課室裏，全神貫注地望着許先生一對帶笑意的眼睛，很用心地聽着她講故事。

「……從前，有一隻小公雞，長得很美麗，頭上戴着鮮紅的花冠，身上披着五顏六色的彩羽，於是，牠覺得自己很了不起，越來越驕傲，連鄰居小狗哥哥，也不大理睬。直到有一天，住在森林裏的狐狸走出來，敲着小公雞的門，怪聲怪氣地唱道：『小公雞，真美麗，紅冠子，花花衣，開門出來玩一玩，大家做做好朋友……』」許先生繪聲繪色，正講得起勁，忽然間，卻被一聲尖叫打斷了……

「狡猾狐狸，不是好東西，千萬不要開門呀！」

「哦？」許先生和其他的孩子都把目光轉向真真，只見她兩頰急泛起兩片紅暈，手中揮着拳，激動地衝口叫着。許先生不再講故事，微笑着走向真真，一邊問道：

「怎麼？你是新來的真真吧？你聽過這個故事嗎？」

「是……」真真覺得很難為情，簡直不敢正視許先生，聲音也像含在喉嚨裏，不敢直吐出來。她真後悔剛才的舉動。

「別害羞嘛，你能告訴我，這是誰講給你聽的嗎？」許先生鼓勵地說。

「是……媽媽。」真真終於把嘴張大了些，聲音也清楚點了。

「好啊，原來你媽媽已經把這個故事講給你聽過了。現在，不如就由你講給小朋友們聽，好嗎？」許先生忽然提議說。

「好好好！」皮皮幾乎從椅子上跳起來，用力鼓掌。其他的小朋友，也有的跟着拍起手來。

「不不不，我不會講！」真真從來沒有當着這麼多人說過話，急得眼淚都快要流出來了。

「不要急，你慢慢講呀，真的不會講，我來補上就行

了。」許先生拍拍真真的背脊，給她安慰，也給她勇氣。

「對，我們喜歡聽真真講！」偉偉在座位上大聲叫道。

真真咬了咬嘴唇，小公雞的故事就像一幅幅連着的圖畫，不停地在她的心田中出現。她想了想，便大着膽子站起來，一句接一句地講了下去：「……小公雞很傻的，不知道狐狸壞心腸，就給牠開了門，狐狸一步撲上去，咬住小公雞的脖子，牠好疼呀，疼得咯咯直叫：『狗哥哥，快救我……』」真真不知不覺地把故事情節一口氣講了下去，小朋友們聽得入了迷，圓圓緊張得連嘴巴也合不攏。直到故事結束，許先生首先鼓了掌，真真不好意思地坐下了，伸手一摸額頭，濕冷濕冷的，都是汗水哩。

9. 秘密通道

一下課，大家就把真真圍了起來。

圓圓的身子最佔好處——夠寬夠大，她現在依着真真的身畔，彷彿沾了不少光似的，大聲地向其他擠過來的孩子說：「你們曉得嗎？真真是講故事的天才，我一早就知道了，她是我最好最好的好朋友！」

「那麼，晚上誰要是睡不着覺，就聽真真講故事得

啦。」皮皮也推崇地説。

「不好不好。」真真馬上想起被罰擰耳朵的故事，心裏還害怕哩。

「大家説你講得好，就是講得好。只要不讓馬姑娘聽到就行。」偉偉很老成地開解道。

真真感到心裏舒坦了，和周圍的小朋友也有説有笑，她不再是孤單的啦。她實在有點愛上了白天的「兒童之家」，因為有先生的鼓勵，還有伙伴們的友情呀。

可是，快樂的時光沒有手，只有腳，一下就跑過去了，要拉也拉不住。吃完午飯之後，又上了兩堂課，眼看就是黃昏，真真最不喜歡的黑夜又要來臨了。她倚着課室門框，悶悶不樂。

「喂，怎麼？又想媽媽了？」偉偉走過來，聲音僅僅給真真聽得見。

真真眨眨眼，忍住一顆快要跌出來的淚珠，把臉扭過一邊去，不做聲。

「噓，有興趣加入我們的『一號探險隊』嗎？」皮皮不知什麼時候溜過來，擠眉弄眼地説。

「我正想叫真真一起去呢。」偉偉很快地回答。

真真這才反應過來。「一號探險隊」？這究竟是什麼

東西？不過，聽起來好像很好玩的。

「真真，你不是想去外面嗎？跟着我們吧，會有你的好處。」圓圓大大咧咧地走過來，也不由真真再說什麼，一把拉起她就走，使她連吃驚也來不及。

天色已經在一點點地轉暗，真真糊里糊塗地跟着皮皮、偉偉和圓圓一行人走。他們繞過教室，走到後面的院子去。這裏靜靜的，沒有一點兒人的聲音，只有一些長着雜草的土坡，偶而有幾棵野生的小矮樹，顯得很荒涼。真真正覺得奇怪，卻被圓圓拉到一個石砌的垃圾池邊。這時候，更令真真無法想像的事情發生了，皮皮和偉偉就像機靈的貓兒一樣，「嗖」地一躍身，跳進了垃圾池中去！

「快！輪到我們了！」圓圓把看呆了的真真猛推一把，不管三七二十一，把真真連推帶舉，也弄到垃圾池中去。真真被一陣垃圾的臭味直攻得要作嘔，正要捂起嘴巴和鼻子，卻忽然聽到「哐哐啷啷」的推鐵閘聲。原來垃圾池壁有一扇生了鐵鏽的小門，皮皮像猴子一樣，把它推開，便鑽了過去！接着是偉偉，他還回過頭來，關切地招呼真真：「別害怕，跟着我！」圓圓乘機在後面把真真一推，真真竟然通過去了！

10. 好玩處

後院外面，原來是一條窄窄彎彎的小路，而路的另一邊，卻是又一座院子的圍牆，不過，那些圍牆，看起來並沒有「兒童之家」的院牆砌得高。

天邊的太陽，已經遠得不見了臉兒，這裏更顯得冷冷清清的。好在空氣還不錯，沒有了垃圾的臭味，真真趕緊深深地吸了幾口氣。

「不要停，繼續努力呀。」偉偉揮着手，早走到小路對面的圍牆根下。

「得，我來打頭陣！」皮皮立即響應，連跑帶跳地跟着過去。偉偉竟一彎身，讓皮皮踏在他的肩上，然後一站，皮皮就伸手伸腳地向圍牆爬過去。這簡直就像馬戲班的雜技表演一樣，真真驚得猛揉眼睛，顫聲問圓圓：「他，他們要幹什麼？」

誰知圓圓一點兒也不吃驚，還有幾分得意地説道：「探險嘛！走，我們也有份兒去的！」説完，又把真真拉到牆下去。

這時候，皮皮在牆頭一個翻身，就不見了。偉偉彎下身，拍拍肩膀向着真真，就像是軍官下命令似的説：「來，

讓你上去了。」

「我?」真真嚇得倒退了兩步,連連搖頭,「這怎麼行?這怎麼行?」

「你這是怎麼啦?怕死呀?」圓圓板起臉,很不滿意地瞪着真真,「你要不上,就一個人留在這裏,連我都不理睬你!」

「什麼什麼?」真真這一次的受驚程度更加厲害了,眼淚和叫聲一齊發出。

「不要嚇她。」偉偉對圓圓説完,又轉向真真,「有我在下面頂着,保管你能得上的。」

「對,還有我的保護呢!」圓圓又變得熱情起來。於是,他倆一前一後,總算把真真扶了上去。

真真幾乎是閉着眼睛爬過圍牆的,直到聽見皮皮在説:「好啦好啦,安全着陸!」時,才敢稍睜開眼睛,但立即聽見圓圓隔着牆哀叫:「糟啦,糟啦!今天多吃了一碗飯,好辛苦呀。」接着,又聽偉偉説:「皮皮,快來幫幫手,拉圓圓呀!」

皮皮應聲而起,伸手向外拉,只見圓圓露出個氣喘喘、紅通通的臉蛋,再過一會兒,是她的胖手、胖腳、胖身子,又過了一陣,偉偉便和圓圓手牽手攀過了牆頭,再一齊跳

下地。皮皮差不多同時站回原來的位置，但也是氣喘喘的。

「我們輕輕地走，到那邊去！」偉偉指着前面一堆石造的小山丘説。於是，他們便一起走了。真真這才發現，這是個很大的花園，除了有石山，還有許多好看的花草，一定很好玩的，便忍不住問：「這是什麼地方？你們是怎麼曉得的呀？」

「嘿，這是有錢佬的房子，偉偉和皮皮先發現的。」圓圓解釋道。

轉眼間，他們走到一條小石橋上，橋下是一個很大很清的荷花池，池中還有不少紅紅黑黑的大金魚。真真正想俯下身去看，忽然間，「汪汪汪」，一陣很兇的狗吠聲向他們傳來。

「不好，有人，快躲躲！」偉偉低聲地説着，指指橋頭的一棵大樹，他們立刻領會地繞到樹身後去。

11.「有鬼」？

「嗨！黑虎、黑虎，亂叫什麼？快來吃飯呀！」

狗吠聲剛剛一歇，就傳出一個老人帶着混濁喉音的叫喊。所有孩子都緊張地匍伏在大樹後，一動也不動地繼續

觀察着。

「汪……」就像是回答老人的話似的，狗又吠了幾聲，但這次是很溫順的，不像剛才的那樣兇猛。

站在最前面的皮皮，飛快地向同伴們打了個眼色，然後又指指前面，輕輕地説道：「看，危險過去啦。」

真真和偉偉、圓圓立即伸長脖子，踮起腳尖跟着望去，可不，那邊有一個穿着汗衫的老人背影，一條黑溜溜的狗兒搖頭擺尾地繞着他的腳步，漸漸遠離他們的視線以外去。

「唉，真嚇死人了。」圓圓深深地吸了口氣説。真真也不由得按住自己跳得厲害的心口。

「要夠刺激，我們的探險才過癮嘛。」皮皮裝作滿不在乎地説。

「別多話，快抓緊時間再走走，看看。」偉偉提醒道。大家跟着他，走過石橋，來到一座又高又大的人造石山前。

「哈，這地方真得意，我們不如在這裏玩捉迷藏吧。」圓圓大感興趣地提議。

「那好哇，你們躲，我來捉。」皮皮第一個贊成。

大家剛準備好，「等等。」偉偉像想起了什麼，忽然把大家叫住。

「怎麼啦？」圓圓奇怪地瞪着偉偉。

「我們都不熟這地方，誰知道還有沒有危險呀？最好還是再探探路。」

「是的，偉偉説得對。」真真很同意。

「可是這裏有好幾條路，怎麼探？」圓圓指出石山的幾處入口，有點為難地問。

「不要緊，我們分開去唄。」皮皮很快就想出辦法。這樣，皮皮走一條路，偉偉走另一條路，圓圓和真真一起，再走另外的路。大家約好等一會兒再回原地碰頭。

天色越來越黑了，真真實在有些害怕，走得很慢，圓圓拉起她的手説：「哎呀，快點吧，等會兒走不回去，就糟了。」

真真聽圓圓這樣一説，心裏更慌了，但嘴上又不好説出來，便盲目地跟着圓圓向前小跑。跑着跑着，前面有一處急轉彎，她們正要跑過去，忽然間，真真覺得被人用力地一扯，好疼呀！她急忙哭叫起來：「圓圓！你別扯我的頭髮，我會走快點的了！」

圓圓大大地驚叫起來：「不是我扯你，是……媽呀！有鬼呀，來人，救……救命！」

真真聽圓圓這一叫，猛回過頭，天哪，一團毛茸茸的東西，正吊在她的肩上，用鋭利的爪子，不停地扯着她的

頭髮，她簡直嚇壞了，腿一屈，跌在地上，像做噩夢一樣，人也似乎不清醒了。

12. 忠伯

「真真！真真！」圓圓拚命地搖着，喊着。

真真重新張大了眼睛，她先看到圓圓掛着汗珠和淚水的圓臉，接着是偉偉皺着眉毛的臉，還有皮皮驚奇得半張的嘴巴。

「嘿嘿，我説你們這班『馬騮』，非要用馬騮來對付不可。」不遠的地方，發出一個陌生、混濁的聲音。

真真大吃一驚，跳了起來，才看清楚離她三步左右，站着那位穿汗衫的老人，正露出掉了幾顆牙齒的嘴巴，嘲笑地向她説話。更令真真覺得意外的，是那位老人家的肩上，站着一隻毛茸茸的小猴子，莫非，這就是那隻抓真真頭髮的「鬼」了？

「喂，我們不如快跑吧！」皮皮又打了個古怪的眼色，低聲地向同伴們説。

「汪汪汪！」一條兇猛的黑狗，一下子從石山後竄了過來。

「媽呀！救命啊！」圓圓和真真幾乎同時叫道。

「呵呵呵，我看你們還是老實點吧。」老人就像幸災樂禍似的笑了起來。

偉偉皺了一下眉毛，好像突然下了決心，走上前去說：「老伯，我們只不過想看看你的花園，我們不是壞人。」

「哈，說得不錯，不是壞人，可就是調皮搗蛋的馬騮精，對不？」老人又好氣又好笑地說。

「對對對，請放我們走吧。」皮皮顧不上許多，一心求情，想一走了之。

「放你們走，沒那麼容易。」老人把臉色一沉。

「嗚哇……」真真怕得哭了起來。

「阿伯，求求你啦！」圓圓也紅了眼，可憐巴巴地說。誰知，老人卻「撲哧」地咧嘴笑了！

「不是你們說要來看我的花園嗎？我現在正要帶你們看，怎麼就怕了呢？」

「真的嗎？」皮皮喜出望外，簡直要歡呼了。

「原來老伯你也是好人，真多謝你了。」偉偉不再皺眉頭，鬆了口氣說。

「你先別拿高帽給我戴，我問你們，到底是從哪裏來的？」老人的神情很認真。

偉偉和皮皮，你望我，我望你，真真和圓圓低頭不敢做聲。

「怎麼，既然不是壞人，還不肯回答我的問題？」老人加重了語氣。

偉偉想了想，便照直說了：「我們是隔壁兒童之家的，不過，現在是自己出來玩兒，沒告訴別的人。」

「嗯，這才是老實話。其實，你們不說我也知道。」老人淺淺一笑，「以後，要老老實實的，別人才會相信你們。現在，一個個告訴我，你們分別叫什麼名字來着？」

待孩子們一一報完姓名，老人又說：「我叫忠伯，這花園是我打理的。趁着主人去了外國，你們可以來玩一段時間。來吧。」

忠伯邊說着，邊把孩子們引進花園裏面去。真真從來沒去過這樣漂亮和寬闊的花園，只嫌時間太少，還走不到這花園的一半，天就全黑了，他們只好和忠伯告別。

13.「阿嚏」「阿嚏」「阿嚏」

趁着天黑，偉偉帶皮皮、圓圓和真真，又由垃圾池裏「打道」回到兒童之家。

他們匆匆忙忙地跑到洗澡間去，一看不妙，裏面空蕩蕩的，沒有人影，淋浴的花灑水掣都已經關上，一滴水也流不出來啦。

皮皮急忙探頭向洗澡間的另一邊出口望去，只見那兒還並排站着幾個剛剛洗完澡、光着身子披着浴巾的孩子，在等着去更衣室換裝。

皮皮用手一拍大腿，壓不住滿心的歡喜，説：「好啊！淋浴時間過了，今晚可以不洗澡啦！」一説完，就想從原來的入口出去。這樣正合他心意，因為皮皮雖然差不多每天都是玩得一身水一身汗的，全班數他最髒，但他又是最怕洗澡的一個。

「別走！」偉偉伸手攔住皮皮的去路。

「你瘋啦！又不是我不想洗澡，明明是沒水了呀！」皮皮叫了起來。

「快閉嘴好不好，你才是瘋了！這樣走出去，不是想讓馬姑娘知道我們出去過嗎？」偉偉的聲音不是很高，但已經把皮皮説得如夢初醒。

皮皮猛搔着頭皮問：「那該怎麼辦？怎麼辦呀？」

「趕快把衣服脱掉，披好毛巾排隊去。」偉偉沒有多想就説。

其他的伙伴們，都照着這樣做了。誰不知道馬姑娘的厲害呢？她現在一定是守在更衣室外點人數的。

孩子們一個跟一個地走進更衣室，分別換上了乾淨的衣服，再從另一個門口走出去，果然，就看到馬姑娘粗粗的眉毛和微黑的臉了。

偉偉雙手插在褲袋，若無其事地順利通過了。接着是皮皮，他有點擔驚受怕地聳着肩，正要很快地從馬姑娘的眼皮下溜過去，可是，馬姑娘的鼻子一縮，便伸手扯住皮皮的衣領：「你不要走！我問你，你的身子怎麼這樣臭？到底有沒有洗過澡？」

「我……洗了。」皮皮想瞞過去。

「撒謊！你的頭髮沾了這麼多草屑，卻連粒水星也沒有！」馬姑娘好像發現了一宗大案一樣，把跟着皮皮的真真、圓圓也當作是犯人似的，東看看、西嗅嗅，然後連連搖頭說：「臭，臭，臭！你們根本沒洗澡，這騙不了我！」

真真和圓圓嚇得互相挨在一起，皮皮直眨眼，吞吞吐吐地說：「是水，水不夠……」

「得了，我要你們重洗，跟我來，有的是水！」馬姑娘不容違抗地命令道。

可憐的皮皮、真真和圓圓，戰戰兢兢地被馬姑娘帶到

後院的井台去，那裏放着一個綁着繩子的小木桶。

「你，把水打起來！」馬姑娘指着皮皮説。

「你們，把衣服脱掉！」馬姑娘又指指真真和圓圓。

不一會兒，涼颼颼的井水，淋遍了皮皮、圓圓和真真的身體。

「阿嚏！」「阿嚏！」「阿嚏！」

皮皮、圓圓和真真，不約而同地，就像二重奏、三重奏或大合奏似的，從鼻腔發出同樣的怪響來。

14. 石穴宮的發現

用井水洗過澡的第二天黃昏，皮皮的身上好像有小蟲子咬着似的，發癢癢了，他忍耐不住地把偉偉、圓圓和真真找到一起，又要到後院對面的別墅去。

「你不怕被馬姑娘抓去洗井水澡嗎？」偉偉問。

「才不怕呢。全班只有我們這些探險家，才有資格洗井水澡。」皮皮把胸口拍得「嘭嘭」響地說。

「你們呢？」偉偉又問真真和圓圓。

「我也不怕。」圓圓嘴硬地說。真真可有點遲疑，但還是低聲說了句：「沒什麼。」

「那好，今天早去早回。」偉偉說完，他們就走了。當然也是從垃圾池的老路走，不過，這次少爬了一道牆壁，因為忠伯說過歡迎的，他們就正正經經地去按響別墅的門鈴。

「汪汪汪」，首先應門的，是狗叫聲，接着，忠伯把門打開，叫道：「嗬！我就猜到是你們。黑虎，別叫了，是熟人呀！」

偉偉一行人高高興興地走了進去。忠伯又把他們帶到人造石山前，突然，一團毛茸茸的東西撲了出來，把真真

和圓圓嚇得趴在地下。

「喲，你這馬騮精，真調皮！」忠伯喝了一聲，那毛茸茸的東西便伏在他肩上。他又招呼圓圓真真，「沒事啦，快起來吧，我把這馬騮精牽緊就得啦。」

偉偉和皮皮一手一個地把真真和圓圓拉起來。忠伯肩上的猴子，正眨着眼睛，又搔着耳朵，看着那古靈精怪的樣子，大家不禁一齊笑了起來。

「來，握握手，交個朋友啊！」忠伯風趣地拉起猴子的一隻前爪，伸向皮皮。果然，那猴子就像人一樣地和皮皮握起手來。接着是偉偉，圓圓。輪到真真，她想起被猴子抓過頭髮，就有點閃縮。忠伯安慰道：「別怕，握過手，牠就認得人，不再欺負你啦。看看吧，牠的鏈套在我手上，作怪不得嘛。」

真真終於大着膽子，和「馬騮精」握了握「手」。

轉眼間，大家來到一個石洞口前。皮皮探頭一望，又縮出來問：「忠伯，這裏面有什麼好玩的嗎？」

「這是主人為他的孩子建造的石穴宮，也沒有什麼特別的，你們愛看，就去看吧，我可要去淋花，不陪你們玩啦。」忠伯說着，拉起「馬騮精」，大步走開了。

「石穴宮，有錢人的孩子真會玩。」圓圓也很好奇。

「我們一個跟一個，原路進，原路出吧。」偉偉說。大家便照着做了。

洞裏的路彎彎曲曲的，光線又不夠，每個人的手都牽得緊緊的，一步一步向前走着。

忽然，「呼」地一聲，前面有一羣黑色的物體，向他們撲面飛來。

「哇呀！不明飛行物體！快走啊！」走在前面的皮皮一陣怪叫，圓圓和真真放了手，抱頭就向後跑。

「鎮靜些！別亂跑亂叫！」偉偉拉住前面的皮皮，又制止着圓圓和真真，把一隻手高高舉起說，「看啊，這不過是些蝙蝠！」

聽了他的話，皮皮、圓圓和真真半信半疑地回過頭來，只見偉偉手中抓着一小隻黑黑的東西，牠有一對像鳥兒般的翅膀，身子卻像老鼠一樣，怪有趣的。

「咦，這就是蝙蝠呀，真好玩！忠伯怎會養這東西的？」皮皮撫弄着那小動物說。

「我想不是養的吧。這東西吃蚊子，晚上才活動，就愛長在這黑暗的地方。」偉偉說。

「牠愛吃蚊子？」皮皮一聽，十分歡喜，「那給我吧，我的蚊帳早破了，請牠幫幫我的忙。」說着就把蝙蝠拿過

自己手中。

15. 一敗塗地

　　這一天玩得真開心，偉偉、皮皮、圓圓和真真趁着天沒黑透，就快手快腳地鑽回兒童之家。一切還相當順利，直到熄燈鈴響，孩子們全躺在宿舍的牀上，也沒有出什麼漏子。

　　可現在叫人怎麼能馬上睡得着覺呢？皮皮有一項很重大的試驗要做，就是把石穴宮裏的貴客──小蝙蝠放進蚊帳裏，讓牠大顯身手。這事情差不多吸引了全宿舍的孩子，一個個光着腳，團團圍住皮皮的牀。還是偉偉想得周到些，派了圓圓到門口「望風」，預防馬姑娘突然「駕到」。

　　當了主角的皮皮，別提有多得意了，就像是真正的魔術師一樣，口中唸唸道：「來啊，來啊，千千萬萬隻蚊子，逃不出你的嘴巴，石穴宮的捉蚊能手，快施展你的本領吧。」説着，就把那隻蝙蝠向蚊帳中一揚。那蝙蝠撲打着翼翅，飛騰了起來，所有的孩子都不由得「哇哇」地驚歎起來，引得望風的圓圓也禁不住把頭伸回來看熱鬧。

　　「真好玩，皮皮，借給我行嗎？」一個剃光頭的男孩

子無限羨慕地請求。

「不行不行，這是我的貼身寵物，你要，自己抓去。」皮皮可不賣賬。

「到哪兒去抓？你帶我去好不好？」男孩子仍不甘心。

「這個嘛……」皮皮有心要賣賣關子。正在這當兒，圓圓忽然大驚失色，轉身進來報告：「不、不好！馬姑娘來了！」

說時遲，那時快，孩子們即刻回到自己的牀位躺了上去，宿舍又靜了下來。

不一會兒，馬姑娘果然大步走了進來，用充滿怒氣的聲音喝問：「剛才誰在吵？是誰？」

孩子們誰也不吭聲。

「嘿，還裝得挺像呀。」馬姑娘冷笑着走向皮皮的牀邊，然後伸手把蚊帳一撩，只見一團黑咕隆咚、毛毛茸茸的東西直向她的鼻子、眼睛撲來，使她這個一向在孩子們眼裏威嚴十足的人，竟魂飛魄散地尖叫起來！

「哎呀我的媽！要命呀！搞的什麼鬼呀！」馬姑娘一屁股跌在地上，手拿着的電筒摔得老遠。

「哈哈哈……」皮皮忍不住笑了。其他的孩子也笑起來。

　　馬姑娘怒從心頭湧，一下子從地上爬起，便扭開了電燈，看清了那隻蝙蝠從皮皮的蚊帳飛出來，倒掛在屋頂上，她更氣得鼻翼不停地顫動，一伸手擰住皮皮的耳朵，把他從牀上拖到地下。

　　「快說，這東西是從哪裏來的？」馬姑娘氣得臉色發青，向皮皮吼叫。

「牠自己飛來的。」皮皮不敢看馬姑娘，眼望地面説。

「胡説！我看你們不止一個人作怪。統統給我站起來！」馬姑娘下令道。

所有孩子不敢不從，都從牀上爬起，站到地上。

「你們有誰參加這事的，都給我站到這邊來！」馬姑娘指着皮皮身邊的空間説。

孩子們不説話也不挪動。

「好哇，都不認賬，那就一齊站到天亮。」馬姑娘威脅道。

「是我帶頭做的，不關皮皮事的。」偉偉出人意料地站出來。

「好哇，夠膽量！」馬姑娘嘲笑説，又用眼睛逐一盯着其他孩子問，「還有誰？讓我查到了就不好過！」

真真只覺得馬姑娘的眼光像刺一樣對着自己，不由動動身子，圓圓連忙在後面扯扯她的衣服，但是遲了，真真小聲地坦白：「還有我！」

「什麼，還有你這小不丁點的傢伙？才來不到一星期，樣樣壞事都有你的份兒？」馬姑娘怒斥道。真真的腳、手、全身都發起抖來，連牙齒也顫抖得咯咯的。

16. 獲救

馬姑娘把皮皮、偉偉和真真從宿舍帶到辦公室裏，進行嚴厲的審問，不時地把桌子拍得「砰砰」響。真真嚇得全身冰冷，顫抖得越來越厲害。

「站好點！有你的份做壞事，就有你的份來招供！快説，你們為什麼要私自離開兒童之家，造反了嗎？」馬姑娘的聲音一句比一句大，但真真還是有很多聽不明白，便一個勁地搖頭。

「別裝蒜了！」馬姑娘又拍了一下桌子。就在這時候，阿英姐提着兩個熱水壺走進來，驚奇地説：「哎呀！半夜三更的，你們在這裏幹什麼？」

馬姑娘把事情簡單地説了一下，就要阿英姐出去，別妨礙她審問。

「這不關你的事，由我處理好了。」馬姑娘板着臉説着，並動手把真真一拉，「你過來，老老實實地告訴我。」

「哇——」真真又怕又委屈地哭了出來。

「噴，何必這樣對孩子呢？」阿英姐伸手把真真摟住，卻又驚叫起來，「不好啊，這孩子的頭和身熱得燙手，怕是發燒呢。」

　　「別大驚小怪的。」馬姑娘不以為然地說，「等我審完了就會放他們回去睡覺。」

　　「那可不行，萬一有什麼急病呢？你總得帶她給醫生看看呀。」阿英姐堅持說。

　　「哪有這麼嚴重？」馬姑娘依然不肯同意。

　　「你這就沒經驗了。我可是用血換來的教訓呀。我那

小女兒阿珍，當年得霍亂病的時候，不也和這小姑娘一般大嗎？我就是只顧得去做工，錯過了帶她上醫院的時間，她就那樣白白地歿了……」阿英姐說着，低頭撩起衣角，抹起眼淚來。

「得了得了，這裏是兒童之家，不是你家，別婆婆媽媽的。」馬姑娘推開阿英姐，強力把真真一拉。

「啪！」真真一個踉蹌，跌在地上，手和腳一抽一搐的，痛得臉也變了色。

「你看看，不得了，這孩子抽筋呢。我送她上醫院！」阿英姐顧不得許多，一俯身，抱起真真就向外走。

「喂，英姐，你等等，你等等……」馬姑娘在後面喊着，但那聲音被拋得遠了，遠了。真真把頭埋在阿英姐的懷裏，眼淚簌簌地流着，但卻感到心裏不再害怕了，慢慢地閉上了眼睛。

17. 醫院裏的聚會

一些很強烈的白光，就像閃電般，映入真真的眼簾。她努力地眨眨眼睛，心裏發出一種恐懼的感覺，原來，她是躺在一個白牆白頂的房間內，身上蓋着白被單，手臂纏

73

着白繃帶，還插入一些膠喉管，那是連着牀頭上一個倒掛的瓶子的。真真連動一下也困難，但她實在不願意孤零零地在這裏躺下去，於是，便鼓足力氣，哭喊起來：

「媽媽……媽媽……」

這時候，有兩個穿着白袍的大人衝了進來，一個是男的、一個是女的。

「小妹妹，你是在醫院裏，不要怕，我們已經通知你媽媽了。」女的微笑着說。

「再給她量量熱度吧。」男的說。

「嗯。」女的拿出一支體溫計（真真見過媽媽用的），放到真真的胳肢窩裏。那男的又用一個掛在胸前的、小圓鏡似的東西按在真真的心口、背脊，聽了一陣。那女的重新拿回體溫計，看了一看，說：「譚醫生，她的熱度退了。」

「哦，你再小心觀察吧，黃姑娘，我過去看看新入院的孩子。」譚醫生說着，走開了。

黃姑娘拿些藥水，溫和地勸真真吞下肚去。真真看見黃姑娘態度親切，又聽說媽媽會來，便安心些了，只是目光一刻也不肯離房門，巴巴地等待着。

好不容易，到了天黑亮燈的時分，真真看見門口有兩個熟悉的身影出現了，一個是媽媽，另一個竟是阿英姐！

「啊！真真！真真！我的乖女兒，怎麼會病成這個樣子！」媽媽很激動地直衝到真真牀前，把她緊緊摟住。

「媽媽！媽媽！」真真流着淚接受媽媽的愛撫，不再感到委屈了。

「哎，真真媽，你們別只顧母女親熱，讓魚粥都涼了呀！」英姐在一旁，擺弄着暖壺、碗筷，笑着提醒説。

「啊，是啦，真真，這次全靠阿英姐救了你的小命，快謝謝阿英姐吧。」

「謝謝阿英姐。」真真乖巧地説。

「不用謝，那是應該的，快吃了這些魚粥吧。」阿英姐端着粥，一口一口地餵着真真。真真的眼睛有點模模糊糊的，一時把媽媽和阿英姐看成是同一個人，分不清了。

第二天，真真得到譚醫生的批准，可以下牀活動了。她從牀上爬起來，活動一下手腳，還好，沒有什麼不適，只是手臂上的針口有些微隱痛，但真真也顧不了那麼多，她一下就走出房門口，來到一條長長的走廊。

在走廊的兩邊，是一個連一個的病房的入口，真真每走過一個，都不由自主地用眼探望一下。她還是有生以來第一次住醫院呀。她走着走着，經過一間似乎特別大的病房時，忽然聽到從裏面傳來一陣叫聲：

「真真！真真！」

「真真何太忍！」

這是誰呀？怎麼會知道我的名字？真真大
吃一驚，回頭向裏一望，呀！那不是圓圓嗎？
雖然她的臉兒瘦了些，但真真也認得她！便立
即跑進去。還有想不到的呢，原來皮皮也在，他們三四個
孩子同住一間房，各自坐在一張小牀上。

「喂，你們怎麼都來了？這兒又不是兒童之家！」真
真十分驚訝地問。

「你不知道呀，兒童之家有好多人都得了流行性感冒，
可就數我們洗了井水澡的幾個人最厲害，非得住醫院不可

啦。」圓圓解釋道。

「那也好，我還能和你們玩。」真真居然高興起來。

「好什麼呀，這裏離別墅那麼遠，我的小蝙蝠又沒有了。」皮皮愁眉苦臉地説。真真望望圓圓，不再出聲了。

18. 再見，醫院

不久，真真也從單獨病房搬進了大病房來。幾個「老朋友」同住在一起，也不感到寂寞。只是晚上親屬探病的時間，真真的媽媽和皮皮的爸爸，都帶些食物來看他們，但總不見圓圓的家人來。黃姑娘説，撥了好幾次電話，都找不到圓圓的家長，聽説她的父母已經分開了。可憐的圓圓，一到探病時間，總是溜到病房外的院子裏去。一次，真真好奇地跟在後面，發現圓圓伏在一棵大樹後面哭泣呢。她慌忙跑回房裏找皮皮，兩人把家裏帶來的東西分出一些給圓圓。後來，真真的媽媽也知道了這件事，每次探病，都多帶一份食物來，圓圓才不躲到院子裏去了。

這天早晨，陽光特別充足，透過病房的窗口，照在每個孩子的牀上，大家覺得暖洋洋的，十分舒服。黃姑娘和譚醫生輕輕地走了進來巡房。

　　過了一會兒，譚醫生把每個孩子都看了一遍之後，便笑眯眯地說：「小朋友，你們都恢復得很好，今天可以出院了。」

　　「好哇！」皮皮樂得從牀上彈起來。

　　「嗨，小傢伙，老實點，要不我再給你扎兩針！」黃姑娘把手指壓在唇邊，威嚇着說。

　　「啊，不好，我不敢啦。」皮皮伸了伸舌頭，別看他精靈古怪的，可是最怕打針。

　　「那還差不多。」黃姑娘笑了笑說，「等會兒我來幫你們收拾吧。」

　　「謝謝！」圓圓的嘴巴很甜。

　　「再見譚醫生！再見黃姑娘。」真真忽然想起了說。這是媽媽老早教過她的，和別人分手，要這樣說才有禮貌。

　　「嗨，你這小姑娘，人最小，可最乖，吃藥打針都不怕。」黃姑娘用讚賞的目光回望真真說。

　　「說的是。不過，我們最好不要再見囉。對吧？」譚醫生風趣地說。真真一時還沒明白過來，但大家都笑開了。

　　當天下午，真真和皮皮、圓圓，還有兒童之家的另

一個孩子一同離開了醫院。他們坐上兒童之家的專車，向兒童之家駛去。原來這段路還不短呢。真真老是在想：偉偉不知怎麼樣了？許先生有教新歌兒、有講新故事嗎？最擔心的是那個馬姑娘，她還要不要抓自己去「審問」呀！真真有點後悔，昨晚探病的時候，怎麼沒求媽媽帶她回家。

「嘎──」車子停了，真真才像清醒過來，一望，已經到兒童之家門口了。啊！不妙！那個開門而來的，不就是馬姑娘嗎！真真害怕看到她的黑臉，便往圓圓身後閃縮着。

「啊哈，都回來了，真好！歡迎！歡迎啊！」馬姑娘用一種真真從沒聽到過的很親熱的聲音説。接着，又聽她在點着名，「皮皮、圓圓……咦，還有個小真真呢？她在哪裏呀？不也是今天一起出院嗎？」馬姑娘很關切，又帶幾分緊張地説。

真真差點不敢相信，馬姑娘還記得自己，她不好再避了，小聲地應道：「我在這裏。」

「哎呀，我的小真真，真牽掛死人了。」馬姑娘竟向真真咧嘴一笑，露出一排白牙，反襯得她的臉色不怎麼黑了。

19.重逢和失蹤

「嗨！偉偉！」皮皮一跨進課室門口，就像裝了彈弓似的，連蹦帶跳，直向偉偉衝去。

「是你！皮皮呀！」偉偉把胸脯挺得高高的，擋住皮皮正向他飛落而下的瘦小拳頭，滿臉是笑地應道。

接着，皮皮和偉偉，就像分別了很久的親兄弟一樣，摟頭抱頸地談了起來。他們到底在説些什麼，真真和圓圓因為隔得很遠，聽不清楚，而且，上課鈴很快地響了，不過，真真能猜得到，他們準是又在講上別墅「石穴宮」去捉蝙蝠的事兒！

上完課，圓圓就一個箭步衝到皮皮和偉偉跟前，很緊張地追問説：「喂！剛才商量什麼好事？怎麼不告訴我和真真？」

皮皮擠着眼，打趣地説：「都告訴你，哪還能保守住秘密呀？」

「你別賴人呀！上次要不是你把蝙蝠捉回來，讓馬姑娘碰上了，才不會洩露秘密哩。」圓圓雙手叉腰，理直氣壯地説。

「不要吵了，我們一齊到外面去！」偉偉把皮皮、圓

圓都叫住，同時又向真真擺了擺手。不一會兒，他們便在後院集合了。

「我們現在就到別墅去找忠伯，不要再張揚出去啦。」偉偉向大家很「鄭重」地宣布道。

「可是馬姑娘……她准嗎！」真真仍然有點害怕。

「誰叫你驚動她呀？她弄得兒童之家的孩子患上流行性感冒，給上面的人罵了，才不敢再對我們發脾氣呢！」皮皮滿有把握地說。

「你怎麼知道呀？」圓圓很奇怪。

「偉偉剛才告訴我的嘛！」皮皮說。

「好啦，別再磨嘴皮、拖時間了，快走！」偉偉催促着。

看看四下沒人注意，他們一個跟一個，很順利地又從後院溜到別墅去。

「哈，你們這班馬騮精！好久不見啦！」忠伯帶着黑虎出來迎接。

「是呀！忠伯。我們今天才從醫院出來呢。」圓圓快嘴快舌地說。

「什麼？進了醫院？」忠伯嚇得兩條灰色的眉毛都飛揚起來。

偉偉便一五一十地把真真他們得了流行性感冒的事情，都説了一遍。

「哦，怪不得。那你們今天就玩個痛快，好補回來吧。」忠伯拍着皮皮的背脊説。

「我們到石穴宮去！」皮皮雀躍地説，一個人跑在前頭。

「好好好，都去！都去！」忠伯笑呵呵地一手拉圓圓，一手拉真真走着説。

偉偉早就熟悉裏面的路，幾步就趕上了皮皮。

忽然，偉偉「噔噔噔」地跑回來，雙手高舉起一條鐵鏈，氣喘吁吁地問：「忠、忠伯，你、你的馬騮精呢？」

「唉，別提了！前天夜裏就不見了牠的影子，找了兩天也找不到。嗜，算起來我也養了牠五六年，真捨不得。」忠伯歎氣説。

什麼？馬騮精不見了！孩子們圍着看偉偉手上的空鐵鏈套，都不説話，覺得可惜。

「偉偉，我們能幫忠伯找回馬騮精嗎？」真真站在偉偉旁邊，摸着鐵鏈小聲問。

「找！」偉偉的聲音卻很大，嚇得真真一縮肩膀，「我們不找回馬騮精不再來見你！」偉偉像立誓似的對忠伯説。

20. 猴子和馬騮精

從忠伯的別墅回到兒童之家，馬騮精的影子就不時在真真心中閃動，雖然她第一次見馬騮精的時候，又惱又怕，因為給牠偷偷地抓住了頭髮，好疼呀！可是，後來，真真卻是喜歡馬騮精的，牠又會跳又會翻跟斗，比兒童之家玩具閣上那些毛毛猴子好玩得多了，再説牠還是忠伯的「老朋友」呢。能像偉偉講的，把牠找回來就好了，真真一定要幫忠伯這個忙的！

一連幾天，偉偉叫大家在兒童之家和別墅之間的夾牆小路上找，又在兒童之家所有能去得到、鑽得到的角落翻了一遍，別説是馬騮精的影子，就連一根猴毛也沒發現。漸漸地，大家都有點灰心了。

這天早上，許先生説不上課了，要帶大家到外面的郊野公園玩。這可是一件開心事！真真以前不知道什麼叫「郊野公園」，但媽媽卻帶她去過「公園」，那裏有花有草，還有遊樂場，是個好玩的地方。真真最愛去！現在加了「郊野」兩個字，看來也不會壞到哪裏去。

許先生讓大家手拉着手，排好了隊，便開始出發了。他們有時走大路，有時走小路，但無論走到哪裏，都可以

看到很多很多的樹木。有的長得高，有的長得矮，有的葉子又圓又闊，有的卻又尖又長，更有的細得像媽媽的縫衣針。

「這是松樹。」「這叫桉樹。」「那是白楊樹。」許先生不停地指着各種各樣的樹兒説。他們就這樣走着、看着、聽着，來到一個很大的水池旁。在前面的路口，有一個很大的木牌，牌上寫着一些古怪的花紋，還有一撮撮的黑字。許先生讓大家停下，並説：「小朋友，這裏就是水塘郊野公園了。裏面有很多木枱、木凳，還有燒烤食物用的石爐，是專門給遊人燒烤野餐用的。還有攀登架、梅花樁、吊環，小朋友都可以玩。不過要小心，這裏是野生動物保護區，有……」

「啪！」一塊香蕉皮忽然從樹上掉到許先生的腳前。

「哈，猴子！猴子！」皮皮指着樹上，大叫起來。

真真也抬頭一望，哎呀，那猴子正把一團白白的香蕉肉往嘴裏塞。牠的樣子，不就是和馬騮精一樣嗎？「馬騮精！馬騮精！」真真情不自禁地和那猴子打起招呼來。

「嘩──」孩子隊伍裏爆發出一陣哄笑聲，「得了呀，真真，別亂叫，馬騮精只有一個，猴子滿山都是，你亂叫要惹人笑的。」圓圓捂着嘴，忍着笑説。

　　真真很不好意思地低下頭來，一對耳朵熱辣辣的，只聽得許先生又說：「是了，這裏有很多的猴子，牠們都是不懂人性的動物，你們千萬不要接近牠們，以免被傷害。」許先生說完，就讓大家在野地分開活動。

　　真真被大家笑了一番，就覺得很沒意思，站在那裏發呆。偉偉走過來說：「真真，你剛才說的也有道理，可能，馬騮精就混在這些猴子當中。」

　　「真的嗎？」真真抬起頭，望着偉偉問。

　　「走，我們試試去找找。」偉偉說。皮皮、圓圓也跟過來了。

21. 是牠！是牠！

　　原來，加上「郊野」這兩個字的公園，是很大很大的，入口也有很多很多。真真跟着偉偉、皮皮和圓圓，走呀，看呀，好像無止無盡的。樹上、路邊，都有不少猴子，很多遊人拿些水果、糖塊、麵包來餵牠們。牠們隻隻都像「馬騮精」，但又隻隻都不是「馬騮精」。

　　圓圓看到一塊石頭，走過去一坐，就像洩了氣的皮球似的，再也不想起來了，撅着嘴說：「哎呀，這麼找，到

天黑也不會找得到『馬騮精』的。」

皮皮很看不起地説：「你不想找，就不要跟着來。少
説些洩氣話！」

圓圓被激怒了，霍地站了起來説：「誰説不找了，可
這滿山滿林都是猴子，你能分得清哪一是『馬騮精』嗎？」

「不要急，慢慢看嘛。」偉偉在旁邊勸説道，「我們
仔細看一看那些猴子，如果頸上有一圈兒黃毛的，多半就
是『馬騮精』了。」

「你那麼肯定呀？」圓圓和皮皮幾乎同時問。

「是的，我認識『馬騮精』那天就記住了，而且還親
口問過忠伯，他也説『馬騮精』特別就特別在那個地方。
不過，剛才我們看過的猴子，頸上的黃毛都不成一個圈
的。」偉偉有紋有路地解釋道。

「偉偉，你真行！」大家都佩服偉偉的細心。然後，
又開始逐一地找猴子。為了能更加接近猴子，他們已經離
開了道路，深入地走進樹叢中去。

由於沒有路，走起來非常吃力，常常在樹下周圍，會
碰到一些帶刺的植物，把他們的手、腳劃出一點點血口，
圓圓和真真不時地發出「血、血」的呼聲。偉偉和皮皮是
男子漢，拚命咬牙也才忍住。他們還是一邊走，一邊看看

偶然出現的猴子，更留意地看牠們頸上的毛色。

「哎呀！真真小心，有危險！」皮皮在前面忽地驚叫，與此同時，前面的矮樹林嘩啦啦地響了，真真嚇得正要跑開，忽地一團毛茸茸的東西跳到她身邊，又一球黑麻麻的東西向她擲來。

「救……」真真張嘴要叫，那黑色物件卻正好打在她的嘴上。真真忙把嘴巴合攏，張大眼一看，原來是一個半圓形的手袋，落到了她面前。不容再想，一隻毛毛的爪子伸到她的手裏，真真急得把眼閉起來，不敢看。

「啊！馬騮精！馬騮精！」皮皮在離真真不遠的地方歡叫。

「是呀，頸上有黃毛圈，是牠！是牠！」圓圓的聲音尖得刺耳。

真真這才敢看了，果然，有一隻猴子蹲在她身旁的樹枝上，向她伸着爪子。沒錯，牠的頸上有一圈黃色的毛，和偉偉說的完全一樣，牠就是「馬騮精」了。

「真真，『馬騮精』也認得你，快和牠握手呀。」偉偉鼓勵地說。

真真便像上回在別墅那樣，大着膽子，和「馬騮精」握握「手」。

「噓——馬騮精，過來！過來！」偉偉學着忠伯的口氣，走過來叫道。那「馬騮精」一回望，彷彿見到老相識，居然一下子跳到偉偉的肩上去了。

「好哇！找到了！找到了。」皮皮和真真一齊歡呼。

「真真，把那手袋拾起來，要物歸原主！」偉偉説道。真真便照做了。他們帶着馬騮精，重新走回大路上，但是，不見許先生，也沒有兒童之家的孩子。

「糟了！他們都走啦！」圓圓哭叫起來。

「啊，怎麼辦，怎麼辦？」皮皮向着偉偉一個勁地問。

「有、有人來了！」真真一眼看見前面有一位穿着軍裝的警員叔叔向這邊走來，便小聲地提醒偉偉，但是遲了，那警察叔叔已大步來到偉偉面前，並大聲問：「你們是兒

童之家的嗎？」

「不錯。」偉偉直認道。

「好！把猴子放回去！都跟我來！」那警員不容違抗地下令説。

「不，這猴子是忠伯的。」偉偉把「馬騮精」摟得緊緊的。

22.「小囚犯」

那位警員叔叔，把偉偉、皮皮、真真和圓圓幾個，當然，還有「馬騮精」，帶到離郊野公園不是很遠的一間小屋，屋門口掛有一個小木牌，但上面的字，真真一個也不懂。進了屋，是一個廳堂，空空的，只有幾條長凳對放着一張桌子。

「你們在這兒等等。把猴子給我。」那警員對他們説。

「這是忠伯的馬騮精，我們好辛苦才找回來的。」偉偉不肯交出猴子，只把手袋遞給警員説，「這是拾到的。」

「叔叔，求求你，叫忠伯來吧，這隻猴子真是忠伯的。」皮皮也在旁央求。

「誰是忠伯？這隻猴子是水塘郊野公園的受保護動

物,你們把牠抓了,是犯法的行為。」警員叔叔很嚴肅地說。

「不不不,我們不想犯法,我們是好人,不信你叫忠伯來,他就住在我們兒童之家後面的別墅裏。」皮皮急得一連串地說着。

「好了,你們等一下。」警員叔叔擺了擺手,走進另一個房間。

「這是什麼地方啊?」真真小聲地問圓圓。

「你還不知道啊?這是差館,我們可能要被抓去坐牢,做小囚犯了。」圓圓顫聲說道。

「真的嗎?我、我要找媽媽……」真真鼻一酸,眼淚就流出來。

「別出聲。」圓圓制止說,原來那個警員叔叔拿着一個本子走出來,坐到桌子後面。

「現在你們把自己的名字說出來。」警員叔叔說。

「千萬不要告訴他。要不,被他記下,這輩子都要當囚犯了。」圓圓在真真耳邊緊張地說。

「你先說。」警員指指偉偉。

「我叫楊偉。」偉偉一點兒也不怕,還把事情經過原原本本說了一次。那警員邊聽邊記着,真真心裏直在叫:

偉偉呀偉偉，你真傻，真不該把什麼都說了呀。

「嗯，現在輪到你說。」那警員忽然用筆頭一指真真，嚇得真真跳起來，連連說：「我不知道，不知道。」

「我問你叫什麼名字，你連這個也不知道嗎？」

「不知道！不知道！」

「那你呢？」警又指指圓圓。

「我、我沒有名字，我、我不想坐牢！」圓圓也跳起來叫着。

「嘿，還沒叫你們去坐牢哇。你們不講我也知道，你是圓圓，她是真真，他叫皮皮。你們的先生早告訴我了。」

「嗚哇……」圓圓和真真一聽，立刻哭了起來，無論那警員叔叔怎麼勸說，她們也不聽，連那裏面房間的另外兩位警員也被驚動得走了出來，真真和圓圓哭得更大聲了。

「怎麼，怎麼？找到這班小囚犯了？」馬姑娘不知什麼時候踏了進來，後面還有許先生，「我早就說過，這是班壞孩子，現在是小囚犯，將來可能會變大囚犯。」馬姑娘沒好氣地說。

「對不起，是我的錯，我沒好好看管他們。」許先生的態度就大不一樣了。

「依我説，多關幾天才好，教訓教訓他們，看下次還敢亂跑！」馬姑娘橫加一句説。

圓圓和真真聽了更害怕，越加哭得厲害。

「請問，我能進來嗎？」門口有個女人的聲音。圓圓和真真暫時減低了哭聲。

「什麼事？請進。」一個警員説。

只見一個穿得很整潔的女人走進來説：「我接到電話，説有人拾到我昨天給猴子搶走的手袋。」

「不錯，請你過來看看。」

「啊，是我的手袋。」那女人叫着，「是誰拾到的？」

「是這些孩子！」警員説。

「喲，你們真乖，真好。怎麼哭啦？」那女人走近圓圓和真真説。

「嗚哇……」圓圓和真真更感到委屈，又哭開了。

「嘖嘖嘖，這裏怎麼像宰豬場？」這時，又有個帶點沙啞的老人聲音傳了進來，是忠伯趕來了。

「這位是……」警員正要問。

「忠記。喲，你們都在。嗨！馬騮精！」忠伯拍着手説。「馬騮精」就像懂得他的話，一下子跳到忠伯的肩上。在場的人都看呆了。

「真得多謝你們幫我找回『馬騮精』。不過，凡是馬騮精，我都會愛惜的。哈哈哈！」忠伯放聲大笑起來。圓圓和真真也破涕笑了。

23. 結業禮

從大門口到院子、走廊、教室，到處掛滿了紅紅綠綠的花球、彩帶，還有一些金光閃閃的紙穗，好看極了。就在院子當中，搭起了一個小小的木台，看來，將會有什麼重要的，熱鬧而又值得高興的事情發生。

這天剛下課，許先生就把真真叫到教務處去。真真不知道會發生什麼事，站在許先生面前，只望着自己的腳尖，連頭都不敢抬。

「真真，你記得上次你給全班同學講故事嗎？」許先生口氣平和地問。

「記得。」真真眨眨眼睛，她不明白許先生為什麼要提起這件事。

「嗯，很好。明天，我們舉行學期結業禮，要請許多人來，包括你們的家長啦，到時，我想你把在兒童之家學習生活的故事，很簡單地告訴大家。」

「啊……」真真又驚又喜，瞪大眼睛望着許先生，但又感到心跳得厲害，連說，「我、我不會講呀！」

「哎，放膽子講嘛，就像上次在課堂講故事一樣。來，我先教你說個開頭。」許先生熱情地鼓勵道。接着，便教着真真講了，「各位嘉賓，各位家長，各位老師，各位同學，各……」

真真終於認真地盯着許先生的嘴唇，努力地一字一句跟着說起來。

不一會兒，有人叫許先生聽電話，剩下真真一個人繼續練習着，但她有時記不住那些新上口的名詞，變成了這樣：「各位嘉賓……，各位家人，不對，各位家長……」

「喂喂，什麼不對不對的？」窗外突出一個黑黑胖胖的腦袋，說出這句話，把真真嚇住了嘴，定眼一看，是圓圓，才咯咯地笑了。

「你呀，到時千萬不要說不對不對的，笑壞人了。」圓圓說。

「那我記不住，怎麼辦？」真真問。

「不如我在台下提示你吧，你注意看我的口形就行。」

圓圓的主意不錯，真真點頭贊成，便又一直練習下去。

第二天很早，所有兒童之家的孩子，都排好隊，坐在

院子裏，客人們來賓們一批批地來了。最惹人注目的是忠伯，他不僅帶了黑虎來，居然還有「馬騮精」，另外，還用手推車裝了兩盆開得很燦爛的杜鵑花，説是他親手種給兒童之家的，但真真不敢分神到處看，她要一心記熟那些講詞。

　　當所有人都入座以後，結業禮開始了。只聽許先生説：「請本院學生代表真真小朋友講話。」

　　真真站起來，只覺得心裏像有隻小鹿和她一起走到

台上去。待站定以後，她開口就說：「各位嘉賓，各位家
……」

恰在這時候，真真看到台下，啊！那不是她親愛的媽
媽嗎？正含笑望着她呢！

「長，長！」圓圓在台下把嘴嘟得老長，但真真看不
見。

「媽媽！」她忘乎所以地叫起來，台下一陣哄笑，真
真才知道說溜了嘴，臉漲紅得像番茄，急忙地接着講下去：
「各位老師，各位同學……」

說來也怪，真真的口齒一下變得異常伶俐，很快講完
一大段講詞，下面響起很熱烈的掌聲。真真跑下台，只想
着快些能到媽媽身邊去，連後來許先生叫出她的名字，讓
她領「品學優良學生獎」，她也差點聽不見！

好不容易，等到散禮了。真真就像一隻展開翅膀的小
鳥，飛撲到她媽媽懷裏。

「真真，我的乖女兒！」媽媽摟住真真，轉向身邊一
個陌生的男人，柔聲地說，「來，看看，這是你的爸爸，
今天特地來接你回家度假。」

爸爸？真真第一次從媽媽口中聽到這兩個字。自己怎
麼會突然有這麼一個從不相識的爸爸？但沒等她多想，那

男人伸出溫暖的手掌，撫摸着她的頭髮，和氣地說：「真真呀，你剛才在台上講話講得真好，還得了獎，爸爸也為你高興啊。」

「真真！真真！」原來圓圓和她的爸爸，偉偉和他的媽媽都過來了。

「咦，真真，你總算也有爸爸了。真真的爸爸媽媽好！」圓圓說。

「皮皮呢？」真真想起了，問。

「他在那邊，」偉偉伸手指指院牆，只見皮皮手插在褲袋，一個人垂着頭站在那邊，「唉，他也怪可憐的，我有媽媽，他現在爸爸媽媽都沒有。」

「是這樣。」真真想了想，說，「爸爸、媽媽，我不回家了。」

「為什麼？」大家異口同聲地問。

「我留在兒童之家陪皮皮。」真真說完，就要走過去。

「真真，等等。」媽媽急忙叫住她，又低聲地和爸爸講了幾句話，然後說，「你把皮皮叫來，我們把他也帶回家去度假好不好？」

「好哇，媽媽，你真好！」真真拍手跳着，很快把皮皮也拉了過來。

「哇！真真，你們就好啦，我真想也到你家裏去！」
圓圓説。

「最好是我們都有一樣的媽媽，一樣的爸爸和一樣的
家。」偉偉很認真地説。大家都笑了。正要走出門口，真
真卻猛地轉身往回跑，手上高舉起那包領回來的獎品，向
着俯身打掃院子的阿英姐，歡快地奔去⋯⋯

環保故事篇

愛你！愛你！綠寶貝

（榮獲 2006 年冰心兒童圖書獎）

1. 期待新生

初夏的陽光，像一隻巨大無形的金翅鳥，飛落到香港南丫島的海灣上。那一雙透明柔軟的大翅膀，輕輕地蓋着金黃色的細沙，多麼暖和啊！厚薄均勻的沙灘，頓時變成一張舒適無比的大溫牀。

「嘟嘟嘟。」沙堆中，突然發出奇怪的聲音。

這可是一個大自然的秘密。在這個離島的海灘上，一丘丘的沙窩中，蘊藏着成百個乒乓球般大小的綠海龜蛋，而每一個蛋裏面，都睡着一個小生命。在夏陽的愛撫下，他們紛紛醒過來。

「嘟嘟，好熱啊！我不想再睡下去了，我要走出去，看看外面是個什麼樣的世界。」一個聲音從一個海龜蛋的裂縫中鑽了出來。

「哎呀，是誰在我的頭頂講話呀？吵死人了！」被壓在下面的一個小海龜蛋，從裂縫發出埋怨。

「嘿，你責怪別人，難道你自己就不吵嗎？還不快一點兒閉上嘴巴！」緊貼着的另一個小海龜蛋接着說。

「算了，我們都是兄弟姐妹，怎麼能未出殼就吵架呢！大家還是好好想一想，怎樣互相幫忙，破殼出世吧。」又有小海龜蛋發出聲音。

「對！這話講得有道理。不過，現在太陽越來越猛烈，天氣也越來越熱。媽媽不是說過，要等天色暗一些、氣候涼一些的時候出殼，才會比較安全的嗎？」

「哈！你連媽媽都沒見過，怎麼就聽得到她說話的呀？」

「這叫做『胎教』。喲，不過，應該是『蛋教』，你懂嗎？媽媽在剛剛生下我們，蛋殼還軟的時候，就一再叮囑我們：安全第一！安全第一！破殼出世，一定要避開強光、避開高溫、避開沙蟹和海鳥的襲擊！」

「是的！是的！我也好像聽過媽媽說這話，而且，媽媽還叫我們一出蛋殼，就要快快跑到海裏去。」

「不錯，只有跑到海裏，我們才可以游回爸爸媽媽的身邊，游回我們的家。」

「可是，現在外面又亮又熱，我們不能出去，硬要待在蛋殼裏，真是快悶死了！怎麼辦啊？」

一個個小海龜蛋，不斷地發出議論。

「我看啊，不如就先把蛋殼掙開一些，多呼吸點新鮮空氣，養足精神，等天色一暗，馬上出動！」

最早發出聲音的小海龜蛋，提出了新的意見。

「同意！我還想趁着這段空閒的時間，為自己起一個名字。」

一個小海龜蛋又說。

「給自己起名字？好主意，我們都應該這樣做。」

「好啊！好啊！好極了！我們現在就開始給自己起名字！」

贊同的聲音到處響起，彷彿這是一個很好玩的遊戲。

「嘞嘞嘞，我很早就聽媽媽說過，我們的大類名稱是綠海龜，而且又是大海的寶貝，所以我想自己就以大綠寶為名吧。」

第一個說話的小海龜蛋道。

「那好，我就叫綠寶二。」

「我是綠寶三。」

「我算是綠寶四。」

「綠寶五是我！」

「……」

不一會兒，幾乎所有醒來的小海龜蛋，都給自己起了一個名字。他們的數目很大，有近百個那麼多，都是同一個媽媽生的兄弟姊妹。

就這樣，一個傳一個，海灘上傳遍了他們裂殼欲出的快樂聲音。然而，他們都緊記着媽媽的叮嚀，不等到天涼天暗，決不出蛋殼。

海邊的海水，一波一波地沖刷着沙灘，劃開一彎彎白花花的浪痕，旋即又融入海洋之中。未出蛋殼的小海龜，隨着浪拍沙灘的節奏，細細地呼吸着，等待着。

時間一秒鐘一秒鐘地過去，天色終於變得陰暗，氣溫也有所下降了。

「各位弟妹，你們感覺到了嗎？外面的世界似乎有了些變化啦！」大綠寶提醒大家。

「好像是吧，這沙牀光線也不那麼刺眼了——這樣看來，我們可以出殼了吧？」綠寶三興奮地説。

「別急，等我先出去偵察一下。」大綠寶急忙説。

「偵察？什麼叫做『偵察』？你怎麼去『偵察』呢？」綠寶四好奇地問。

「就是先由把頭伸出蛋殼外看一看，如果周圍環境真的是安全了，再叫你們破殼出去，知道嗎？」大綠寶一本正經説。

「知道了，知道了。」小海龜蛋們一起回答。

於是，大綠寶「咯嘞嘞」地掙開了蛋殼，把頭向外一伸——只見一個小小的綠海龜頭，冒出了最頂端的小海龜蛋殼外，露出兩隻大眼睛，顯得非常漂亮可愛。他搖搖頭，抖落上面的沙子，把眼睛瞪得圓溜溜的，很專注地觀察外面的天色。

看不見太陽在天空，只有寥寥幾絲橙黃色的晚霞掛在天邊，氣溫不熱，反而有些涼爽呢！

大綠寶一陣歡喜，用力一撐蛋殼，伸出兩隻前肢：那是沒有指爪的像兩支小船槳似的鰭狀肢。

「嘞嘞嘞！」

大綠寶把全身的力氣都集中在這兩隻前肢上，再把下面的蛋殼掙開——

「卜！」

蛋殼完全爆破了，大綠寶全身都離開了蛋殼，他有一個邊緣呈鋸齒形狀的小龜殼，遮蓋着一身淺綠色的脂肪，龜殼的後面，有一條又長又大的尾巴，他是一隻雄性綠海

龜。

「啊哈！原來外面的世界這麼美，這麼大，這麼好！」大綠寶興奮得叫了起來。

「真的嗎？我們都可以出來看吧？」其他的小海龜蛋急得猛叫。

大綠寶望望四周，似乎很平靜的樣子，便説：「可以了，都出殼吧。」

眾小海龜齊聲歡呼，上上下下，一起破殼，沙堆傳出一片快樂的響動。

突然，天空出現一個「兇猛」的黑影，牠張開利爪，眼看就要飛撲下來——

「停止出殼，別動！」大綠寶即刻發出命令，所有小海龜，都僵止不動。

2. 天敵追擊

大綠寶下過命令，迅速地趴在就要脫殼出來的弟妹身上，隨即又機警地把一些沙子撥在自己的頭上作掩護。

「嘎——嘎——」

那個可怕的黑影，瞬間發出怪叫，在空中盤旋。大綠

寶透過沙粒的縫隙，屏住呼吸，死死地盯着牠，不敢有任何舉動。

看了一會兒，才發現那是一隻大海鳥。眼見比自己的身形大四五倍的惡海鳥馬上就要飛過沙灘這邊來，大綠寶全身的血液都幾乎要凝固了……

幸而，那大海鳥的身子擦過沙灘之後，就直飛入海——只見他的頭一伸入海裏，叼出一尾掙扎着的大魚，再向上飛去。

大綠寶這才舒了一口氣：原來那隻大海鳥的獵食目標並不是他的弟妹。但是，為了保險，大綠寶還是讓大家等了一下，直到目送大海鳥飛出海岸線外，才扒開沙堆，發出安全的報告，讓弟妹逐一走出去。

這時候，天色又暗了許多。經過剛才的驚嚇，小海龜們雖然都帶着新生的興奮，但也不敢發出太大的聲響。

大綠寶和幾個首先出來的哥哥姐姐，不斷地回過頭去，幫助其他的小弟弟、小妹妹出殼。忙了好一陣子，才使近百隻綠海龜成功脫殼，再集合到沙灘的一邊。

天陰暗無光，四周的海灘，一片空寂，甚至聽得到遠處海浪的「呼吸」——海水一下一下地拍打着海岸的聲音。從表面看來，似乎沒有什麼危險存在。

「前面就是大海，我看見了！」

「我也看到了，快跑過去吧！」

剛出殼的小海龜們，一個個躍躍欲試。

「噓──不要亂說亂動！」大綠寶站眾人前面，用大家都能聽得見的聲音說，「各位弟妹，我們總算順利脫殼出世了！這一天，我們實在等了很久很久！而外面的世界真是很大很大，危險也會很多很多。現在，我們要一起走到大海裏去，一定要打醒十二分精神，千萬不能掉隊！明白嗎？」

「明白了！」小海龜們齊聲回答。

由沙灘到大海的距離，好像不很遠，但真正走起來，小海龜們才懂得，並不是那麼容易能到達。

大綠寶是走在最前面的，他的兩隻前肢，用力地扒開一條沙路，不停不歇地走着，他知道，近百個弟妹都在看着他，跟着他，他必須帶領大家安全地走入海裏去。這是他們綠海龜生命旅程的開始，不能出任何差錯！

綠寶二是一隻雌性小海龜，她細小的前肢不如大綠寶的那麼發達，尾巴也比較短小，但她非常懂事，一邊跟着大綠寶走，一邊照顧後面的小弟妹們，既走得小心，也有些擔心，畢竟，前面都是未知的路。

綠寶三和綠寶四，是一對快樂的小兄弟，他們互相約定，來一場比賽。於是，他們兩個，一會兒爬過這邊，一會兒爬過那邊，好幾次，差一點兒把綠寶五撞倒，惹得她不高興地發出抗議：

「你們兩個好好走，別把人家的路都擋住了。」

綠寶三和綠寶四笑嘻嘻地扮了個鬼臉，一下子走過去了，綠寶五根本拿他們沒辦法。這兩個頑皮鬼，一路上又引發其他綠海龜小兄弟的野性，使他們不斷加入賽跑的行列。

大家又走了一段路。在綠寶三的「賽跑隊」中，忽然出現一個奇怪的傢伙。他的身上也有一個殼，但這殼不是圓形的，卻是多角形狀；他的眼睛很小，小得幾乎看不見；他不止有四肢，還有八隻爪子，前面的兩隻特別大，大得很畸形：就像兩把大鉗子，帶有許多鋸齒，能張能合。

綠寶八一看見這傢伙就驚叫道：

「哎呀！他是什麼東西？和我們長得不一樣，怎麼會到這裏來跟我們賽跑？」

大綠寶聞聲回頭，看見那傢伙，差一點兒沒跳起來。他立刻走過去，在綠寶三的耳邊說：「那傢伙很可能是我們的天敵沙蟹。」

　　綠寶三大吃一驚：「真的嗎？那該怎麼辦？」

　　大綠寶鎮定地低聲吩咐：「別驚動他，讓你的隊員們悄悄地改變隊形，撇開他！」

　　綠寶三照做了。

　　那沙蟹似乎有些遲鈍，他橫向地走了一段路，還未反應過來，所有的小海龜就已經繞圈子走過沙丘，改換另一個方向去了。

　　「快，快，別讓他追上來！」

　　綠寶三不斷地催促他的隊員，個個都加快速度。

　　就在這時候，沙蟹停止橫行，有所覺察，一個急轉彎，舉起兩個怒張的大鉗子，就像一個殺氣騰騰的鐵將軍，兇

猛無比地追過來。

綠寶十回頭一望，看見沙蟹的身影，四肢一軟，哭叫起來：「我、我不行了，我、我走不動了……」大綠寶走過來，說：「別怕，大家會幫助你的。」

他一邊指揮綠寶四和綠寶八拉着綠寶十一起走，一邊爬上一塊礁石，把一些碎石和沙向沙蟹追來的路上推。

綠寶二看見了，也學他的樣子做。

「你別來！」大綠寶急忙制止。

「為什麼？」綠寶二問。

「你是女孩子，力氣不夠大。我一個就可以對付那傻沙蟹的。」

大綠寶硬是不讓綠寶二向上爬，他獨自向沙蟹又推下些沙石，就飛快地拉過綠寶二猛跑。

沙蟹被沙石擋住，不勝煩惱地在原地轉過來，轉過去，終於被小海龜的隊伍拋在後面，一點點地遠離了。

小海龜的隊伍，繼續向大海的方向走。眼看越來越接近海邊了，忽然間，後面傳出「哇──呀！」一聲慘叫。

大家一怔，才見到是綠寶九十九，他不知被什麼東西撞了一下，摔了個大跟斗，氣喘吁吁地趴在沙地上，一時動彈不了。

3. 危機四伏

大綠寶和綠寶二等聞聲趕過去,發現撞倒綠寶九十九的是一個破爛玻璃瓶,從中散發出一股霉臭氣味。他們再看看四周,只見就在附近有一堆黑墨墨的東西,傳來同一種臭氣。

「呸!這些可能是人類拋棄的垃圾,真噁心!」大綠寶啐了一口。

「怎麼可以……啊,好醜陋的怪物!嗚──啊!」綠寶二望着垃圾堆上溜過的一隻骯髒生物,忍不住嘔吐。

「那是污糟邋遢的臭老鼠,快把頭縮入龜殼,暫時回避一下。」大綠寶的話音一落地,各弟妹立即縮頭。説時遲,那時快,醜怪的臭老鼠掉轉頭就撲過來──

所有的小海龜,心驚膽顫,屏息以待。

那隻可惡的臭老鼠,竟踩着他們的龜殼,大搖大擺地走過去。他身後留下的惡臭味,久久不散。

「好,他走了,我們也應該起程啦。」大綠寶首先伸出頭尾和四肢。

「我的媽呀,差一點兒窒息而死!」綠寶三長長地吐了一口氣。

　　大家跟着大綠寶，小心翼翼地跨過那些臭氣熏天的垃圾，走得非常之艱難。

　　「救、救命啊，我被老鼠拉着後腿……嗚……」綠寶八十八驀地哭叫起來。

　　大綠寶、綠寶二和綠寶三都過去查看。他們看見綠寶八十八的後腿不是被老鼠拉着，而是被一個破膠袋纏着，他們便幫忙解開了。

　　「現在，我們一定要抓緊時間，趕快奔向大海，要不然天亮了，危險就更多了。」大綠寶提醒大家。

　　「我們一定要加快動作，加快速度！」綠寶二立即響應。

　　他們重整隊伍，再次出發。

　　排除障礙，越過垃圾堆之後，路比較好走了。

　　大家都鬆了一口氣，眼看還有不遠的一段路，就要走近海邊了。冷不防，綠寶三發出一聲驚叫：

　　「情況不妙，前面有一些不明物體在活動！」

　　「不明物體？」小海龜羣中出現一陣騷動。

　　「暫停前行。」大綠寶低聲吩咐，然後，即時趨前觀看。

　　果不其然，在前方的海邊，有一些巨大的影子在活動。

「大家先別動，我過去偵察一下。」大綠寶回頭説。

「你一個去，太危險，不如讓我陪你吧。」綠寶二説。

「不，我自己去，萬一有什麼事，也只是我承受。你們都在這裏等消息好了。」大綠寶説完，決斷地獨自前去。

綠寶二和弟妹們看着他的背影，眼睛都濕潤了。

大綠寶一面前行，一面盯着那些大黑影的動靜，心中充滿了疑惑和恐懼：這與他們之前遇到的所有危險都不同，海鳥啦、沙蟹啦、老鼠啦，甚至垃圾，都比前面這些「活黑影」小得多。他們究竟是什麼東西？大綠寶每走一步，都提心吊膽。為了保險，他看準了前面的一塊礁石，打算以此作為掩護。

就這樣，大綠寶悄悄地爬過去，把身體貼着礁石。現在，他離那些恐怖的「活黑影」近了很多。他小心地把頭伸出礁石，瞪大眼睛，全神貫注地觀察「活黑影」的動靜。

啊，這些「活黑影」可真高大，起碼有綠海龜幾十倍高。他們有四條肢體，長長的，行動很靈敏。大綠寶算了算，這些「活黑影」大約有三四個。就在這時，他們其中一個，突然向大綠寶這邊轉身——

大綠寶只覺腦中「嗡」的一響，他一眼看見「活黑影」的頭部五官，霎時間記起了，這是「人類」。媽媽在「蛋

教」時提到過的，這些是綠海龜以至所有動物最厭惡，也是最可怕的敵人！他們無所不能，對動物要多殘忍就有多殘忍。這一下，可是冤家路窄了。大綠寶瞪着這些人，全身的血液都沸騰了。

可是一轉眼間，所有的人都低下頭，彎下腰，把一個個像是箱子或是籠子形狀的東西，搬進海中；過一會兒，又搬了回來。

他們究竟在搞什麼鬼？大綠寶看不明白，但他不敢輕舉妄動，惟有用最大的耐心，靜靜地等候，等候⋯⋯

4. 奔向大海

也不知等了多久，大綠寶越來越心煩，這些人，怎麼總是要和我們這些動物作對？就像剛才碰到的垃圾，很有可能就是他們扔的，把好端端的海灘，弄得亂七八糟，還擋住我們的去路。現在，難道他們又在把成箱的垃圾倒入大海，弄污我們將要去生活的地方？可惡啊！這些人，真是我們的天敵。

大綠寶正想着，冷不防龜背被誰拍了一下，嚇得他頭一縮，轉過身來。

「是我呀，大哥哥。」綠寶二柔和的聲音鑽進他的耳朵。

「你來做什麼？」他着實有些生氣。

「你過來這麼久都沒聲氣，大家都很擔心，我就過來了。」

「噓……別説話，看那些人還未走，小心！」大綠寶低聲説。

綠寶二閉上嘴，緊張地盯着那些人，大氣也不敢出。

好在沒過多久，那些人登上附近一輛汽車，終於離開了。

「他們走了，我們也得趕快行動，你去叫大家都過來吧，一定要在天亮之前下海！」大綠寶對綠寶二説。

「是！」綠寶二領命而去。

沒過多久，綠寶二就把大隊帶領過來。為了爭取時間，綠海龜們紛紛加快了腳步，向着大海，全力以赴。

時間不等人。很快地，天邊露出了微亮的曙光。

走在隊伍最前頭的大綠寶，首先踏入海水之中。他用四隻肢槳，大力地划撥海浪，嘩！真清涼。他很喜歡這種感覺，立刻把整個頭潛入海裏，還張口嘗了嘗。海水有一種腥鹹的味道，好像含有一股取之不盡的活力養分。大綠

寶精神一振，全身的血肉，彷彿一下子更新了，充滿全新
的力量。

　　然而，他沒有忘記後面的弟妹，站在海水和沙灘之間，
不斷地幫助體弱的小綠海龜，完全地進入大海裏。

　　綠寶二、綠寶三、綠寶四等，也學着他的樣子，從旁
扶助小弟妹，和時間比賽，向海水「衝線」。

　　「五，十，十五，二十，三十五，三十九……」

　　大綠寶不停地點算着進入海中的小綠海龜數目，直至
太陽躍上水平面，將海面照得亮閃閃的一刻，他的所有小
弟妹，全都進入了遼闊的大海洋。

　　這是一個清涼、溫潤而澄澈的世界，和陸地完全不一樣。大綠寶頓覺兩眼一陣濕潤，流出了淚水，一下子溶入鹹鹹的海水裏。

　　「大哥哥，我好像感覺到媽媽的呼吸了。」綠寶二游到大綠寶的身邊，輕輕地説。

　　他一怔，又一想，説：「我相信，她和爸爸現在也在海中記掛着我們，等着我們快快游回家。」

　　「那太好了！我真恨不得一下子游到爸爸媽媽的身邊。」綠寶三也游過來説。

　　「真有那麼容易嗎？我看這海洋，比岸上的世界還要大，路也遠得很吧。」綠寶四接口説。

　　「什麼岸上的世界呀？海洋本來就是世界的一部分！知道嗎？世界上有三分之二都是海。」

　　初時，大家以為説這話的是大綠寶，但再看清楚，不對了，説話的是一個古怪的傢伙。他沒有殼，奇形怪狀的頭，就像陸地上某種動物，他沒有腳──而是在下身的部位，長了一個鈎子似的尾巴，鈎在一株水草上。

　　「你、你在和我説話嗎？我、我不認識你。你、你……是誰？」綠寶四顫聲問。

　　「正是我對你説話啊，小海龜。你知道嗎？我是海洋

公民——海馬。」那傢伙説。

「海馬先生，你會把我們吃掉嗎？」綠寶三大着膽問。

「吃你們？不，傻瓜，這不合我的胃口，我只對海草裏的小魚兒有興趣。」海馬説。

聽到他這番話，一羣小綠海龜叫了起來：「哎呀呀，有什麼可吃的嗎？到哪裏去找啊？我們的肚子很餓了！」

真是的，大家這時都感覺到腹中空空如也，連擺動肢槳游水，也很吃力。

「傻瓜！在海裏怎麼會餓得着的？到處都是可吃的嘛。」海馬又在發表他的意見。

綠海龜們被他一説，放眼四看。海水被陽光照進來，像巨大透明的藍色琉璃；海底積聚了不少泥沙、石子，還有一些長短不齊，奇形怪狀的物體，説不清是植物還是動物，時不時也有一些不知名的東西，游過來，游過去，看得他們眼花繚亂。

大綠寶沒有再停下來觀望，而是即刻行動，尋找可以充飢的食物。他奮力撥着海水，一會兒向上游，一會兒向下游，終於發現有一團綠色的東西在漂浮。他伸手抓住了，對綠寶二等跟在後面的弟妹們説：

「這是綠海藻，可以吃的，大家分吃吧。」

「好啊，大哥哥真有本事！」綠寶二等拍起手來，她正要接過那團綠海藻，卻忽然被攔截住。

「喂！誰在扯我的食物？有沒有搞錯！」

一個尖尖的嗓音穿過綠海藻，直向大綠寶刺過來。

5. 溫箱寶貝

大綠寶循着那聲音望過去，發現有一隻陌生的小綠海龜，很不客氣地瞪着他。直覺告訴他，這傢伙不是和他同一個媽媽生的。大綠寶便好奇地問：

「你是誰？」

「是我先問你的，你得先答我。」陌生的小綠海龜更加不客氣了。

「好，我先答就先答吧。我是從香港南丫島來的大綠寶。」

「香港南丫島？沒去過，不知道在哪裏。」對方慢慢地搖搖頭。

「你不是才出殼嗎？沒去過的地方多着呢。快説吧，你從哪裏來？叫什麼名字？」這回大綠寶也不客氣了。

「我是從海洋研究中心的溫箱中來的，名叫貴貴一

號。」

「龜龜一號？你當然是龜啦，小綠海龜嘛，誰不知道！龜龜，哈！龜龜一號，竟然有這樣的名字！哈哈哈！」大綠寶忍不住笑了起來。

「別笑！你搞錯了，我的名字是貴貴，珍貴的貴，富貴的貴，不是什麼龜龜。」貴貴一號叫了起來。

「是啊是啊，我叫貴貴二號。」又一隻陌生的小綠海龜游過來說。

「這麼說你們是兄弟，是同一個媽媽生的。」大綠龜說。

「那可不一定。我們是在同一個溫箱出殼，由海龜爸爸把我們孵化的。」貴貴一號說。

「奇怪呀，從來未聽說過海龜爸爸會孵蛋的。」綠寶二游過來說。

「你出世才多久啊？少見多怪！快走開吧，別擋路。你們該自己去找綠海藻，不要搶我們的。」貴貴一號不客氣地推開大綠寶和綠寶二，拿走了那團綠海藻。

「我並不是要搶你的綠海藻，只是看見你們和我們同族同類的，不如大家一起走，互相有個照應。」大綠寶說。

「得了，我們有手有腳，還有世界上最好的海龜爸爸

關照，你們走你們的路，我們走我們的路。」貴貴一號一點兒也不領情。

「別理他了，我們走！」綠寶二早就氣得眼睛冒煙，拉着大綠寶，馬上游向另一邊。

「真想不到，在我們的同類之中，還有這麼個傲慢的傢伙。」大綠寶説。

「我看他呀，什麼都是吹牛的。溫箱孵化，海龜爸爸，嘿！誰也沒見過，全是車大炮。叫什麼貴貴貴貴的，吓！明明就是龜龜嘛，偏偏要抬高自己。」綠寶二的氣還沒有出完。

「算了，一樣海水養千樣海龜，由他自大由他狂去吧。我們快找些食物，好解決大家的餓肚子問題。」大綠寶説完，就和綠寶二分頭去找食物了。

游了一會兒，大綠寶一眼看見，在不遠的水面上，漂過一些綠海藻。他非常高興，三扒兩撥，游了過去，把綠海藻抓住，再招呼弟妹們過來分吃。

吃過海藻，小綠海龜們都飽了。

陽光照進海水裏，溫熱溫熱的，令他們有一種舒服的倦意。不少小綠海龜，都攤開了手腳，浮在海上小睡休息。

大綠寶也很困倦，但他記着自己的責任，不敢鬆懈下

來，依然不停地踩着水，留意察看周圍的動靜。

「大哥哥，你剛才為大家找食物，一定很累了。你先休息一會兒吧，我來放哨。」善解人意的綠寶二説。

「不，你是女孩子，萬一有什麼事情，應付不來的。你去睡好了，由我放哨。」大綠寶説。

「還有我們呢。」綠寶三、綠寶四也過來了。

「你們更要好好睡一覺呢，都去休息吧，到需要你們的時候，我自然會叫你們的。」大綠寶説。

「那好吧，我們先去休息，但等一會兒你一定要叫醒我，讓我們輪流值班，不能全由你一個放哨。」綠寶二説着，眼睛都快睜不開了。

「行了行了，別這樣囉唆，快去睡吧。」大綠寶説完，綠寶二就放開手腳，浮上水面了。

獨自留在海中放哨的大綠寶，為了使自己能打起精神，保持清醒，不停地用四肢划水，同時，瞪大眼睛，察看周圍的動靜。

湛藍的海水，微微的波動，別有一種難以抵擋的溫柔，怪不得形形色色的海洋生物，都喜愛這裏的生活環境了。大綠寶暗自慶幸，自己和弟妹們，都能一出生就到這個大海裏來。

這時候，有一道白光在海水中掠過。大綠寶定睛的看，才發現是一團白得透明的怪東西，正在向前浮游着。

6. 海中遇「怪」

這怪東西究竟在搞什麼花樣？他會危害正在休息的弟妹嗎？

大綠寶警惕地一想，隨即向上一躍，要監察那白東西的舉動。

「嗨，小心！別亂竄！」一個聲音在他背後叫。

大綠寶轉過身一看，原來是海馬先生。

「對不起，海馬先生。我不知道那白東西是什麼，會不會危害我的弟妹？」

「那是水母，沒什麼攻擊性。不過，他有很厲害的觸手，連人類碰到了，也會痛得叫爹媽。」海馬説。

「大海裏的生物，真是多種多樣。」大綠寶有感而發。

「那當然。老實説，我活到了這一把年紀，也看之不盡，數之不清呢。」

海馬正説着，就有一個身子扁扁、呈五角形的傢伙，從他們腳下的沙底爬移過去。大綠寶當即彈開，指着他的

背影問海馬：「這是什麼？外形好特別！」

「那是海星，在海洋中，他算是一個重要的角色。」

「是嗎？怎麼重要啊？他似乎連腦袋和五官都沒有呢！」

「小弟，這要借用人類的一句話：人不可貌相，海水不可斗量。海星這傢伙雖然外表不怎麼樣，但他很會找食物，而且不擇手段，一旦餓急了，他甚至會把同類也當一餐來吃掉呢！」

「那就太殘忍了，可他只有五隻角，沒指沒爪的，怎麼出手？」

「他的五隻『角』才犀利呢！因為那是有再生機能的。如果遇到敵人，被對方促住一隻『角』，他都可以捨『角』保身，不惜斷『角』逃命。反正，他的『角』受損傷後，都會重新長出來。」

「嘩！這樣本事真不錯，上天對他太好了！好在，他似乎對我這些龜類沒什麼興趣，正眼也不看一下。」

「當然了，你不是他的理想食物。而他走得這麼急，一定是趕着去珊瑚礁開餐了。」

「珊瑚礁？那是個什麼地方？在哪裏？」

「前面不遠就是了。至於是個什麼地方，你自己去看

個究竟吧。好了,我現在也要到那邊去找食物了,回頭見。」海馬説完,匆匆地走了。

大綠寶望着他遠去的方向,想着「珊瑚礁」這個新名詞,覺得很有吸引力。那兒似乎有很多好吃的東西,在等着給海洋的生物們品嘗。他真恨不得一下子走去看個究竟,只可惜,大多數的弟妹們還在酣睡,他有放哨的責任在身,不能隨便走開。

「啊呀!不好了!有大怪物來了!」

一羣驚怕失措的小魚，一邊叫嚷着，一邊逃跑。

緊接着，又有一些小海蝦在飛奔。另外，還有許許多多大綠寶未曾見過，體形比較小的海洋生物，在爭先恐後地游走。

大怪物？聽起來似乎很可怕！大綠寶當即向小魚小蝦逃過來的方向張望，只見有一個非常非常巨大的影子，牠的真實體積，恐怕大綠寶所有弟妹加起來，也填不滿。真要命啊！牠正向着這一邊步步進逼呢！

大綠寶來不及多想，急忙向上躍，把綠寶二等叫醒，一起逃命。

「大怪物，很恐怖！我看見牠的頭頂，像個小山坡！」

綠寶八在後面，大聲驚叫。

其他的小海龜一聽，都慌得亂游。

「小心跟隊，不要走散了。」大綠寶在旁提醒大家。

「哈哈哈！看他們嚇得屁滾尿流，真好笑！」

一陣刺耳的笑聲傳來，大綠寶一看，原來是那個貴貴一號。

「你笑什麼？還不逃，大怪物會把你當點心吃的。」綠寶二緊張地說。

誰知貴貴一號翻了翻眼，不屑地說：

「那是中華海豚，有什麼可怕的？在海洋公園，我和他的兄弟都受人類保護，是好朋友！才不像你們，無知又無膽！」

大綠寶一聽這話，就像被打了一個耳光，又羞又痛。

「別理他，八成又是在吹牛皮！我們走我們的。」綠寶二在大綠寶的耳邊說。

「你和大家先走吧。」大綠寶說，「安全第一。」

「那你呢？」

「我暫時不走，看一看那個『巨怪』搞什麼名堂。」

「這怎麼行？太危險了！」綠寶二急得聲音發顫。

「我會小心回避的。你快帶隊走，過一會兒，我們在珊瑚礁會合好了。」大綠寶推開綠寶二，只見那巨大的影子越來越近了；更令人恐懼的是，在牠的後面，還有更多更大的怪影跟隨而來！

周圍的魚兒和生物，驚惶地到處逃竄，大綠寶和綠寶二等一羣綠海龜，也被迫四散而去……

7. 受害一羣

中華海豚——那龐然大物的名稱，成了大綠寶心中的

一個「咒語」。他反覆地默念着，迅速地躲到一塊大石頭後面，兩眼的視線，卻一刻也離不開那些巨大的影子。

漸漸地，影子變成了實體，在大綠寶的視野中越來越清晰了。這「怪物」的體積，大得能把大綠寶和他所有弟妹全部盛載起來，還有許多空餘的位置！他們的形狀長長的，背部隆起來，就有些像人類的船。

眼前聚集的海豚，有好幾條，其中有的身軀是白色的，有的是灰色，還有的是粉紅色。不知道為什麼，他們的口中發出一種古怪的聲音。

「大家別哭了，把小白白放在這邊。」

其中一條粉紅色的海豚説。

　　大綠寶這才知道，剛才聽到的，是他們的哭泣聲。

　　接着，大綠寶看到的場面，更加觸目驚心：兩條大海豚把一條蒼白的小海豚抬了過來，輕放在粉紅海豚的身邊。

　　天啊！那條小海豚，身上原來有傷口，還在滲出血水呢。看來他痛苦極了，口中發出低低的呻吟。

　　「小白白，小白白，你要挺住，千萬要挺住呀⋯⋯」一條灰色的大海豚，忍不住哭叫。

　　「小白媽媽，你不要哭，讓小白安靜一下，我為他抹平傷口。」粉紅色的海豚説完，圍着那條小白海豚，游了一圈。

　　哭叫聲漸漸平息下來。

　　「唉，都是我不好，沒有把他看着，讓他游到那些捕魚人的漁船附近，弄成這個樣子⋯⋯」大灰海豚抽抽搭搭地説。

　　「哼！可惡的捕魚人，把我們海豚害得好慘！」另一條大海豚氣憤地説。

　　「大家安靜安靜，我們來為小白白許願祝福，希望能讓他不再痛苦，早日康復。」粉紅海豚説。

　　在他的指揮下，所有的海豚圍攏着小白海豚，輕聲地為他祝願。這樣的場面，真是太傷感了，大綠寶看得鼻子

酸酸的。

「哎呀，海豚大人們，你們在做什麼？」

大綠寶聽到一個似乎不很陌生的聲音。

「小海龜，你沒看見我們的孩子受傷了嗎？」一條大海豚說。

「啊，真是可憐。」說話的是貴貴一號，大綠寶這下看清楚了，「你們怎麼不快快把他送到海洋研究中心去？那裏有最好的海洋生物學家和魚類醫生！」

「你瘋了嗎？還是太不懂事？無知的小海龜！小白白正是被人類害成這樣子的，你要我們去送死？」幾條大海豚同時怒斥。

嘿，這貴貴一號真是不知好歹，終於也被責罵無知了！大綠寶心裏想。

「不會的，那裏的人不會害我們這些海洋生物的，我就是在那裏出生的。而且，我親眼看見有幾個海豚朋友，在那裏生活得很好……」

「走開！別在這裏亂撒謊！」未等貴貴一號把話說完，一條很大的海豚就把他趕走了。

「快看小白白，全身發抖，他、他是不是挺不住了？」

海豚羣中發出一陣悲慘的哀鳴。

大綠寶看不下去了，懷着沉痛的心情，游去找綠寶二他們。真是萬萬沒想到，中華海豚，這樣的龐然大物，也是被人類害慘了的族羣！

8. 精彩世界

按照原來的約定，大綠寶快速游向前面的珊瑚礁。

游着，游着，大綠寶只見眼前一亮，一幅色彩繽紛的圖像，如夢如幻地在海中出現：紅彤彤、綠油油、黃澄澄、白亮亮、紫瑩瑩、藍湛湛，甚至有金燦燦、銀閃閃的各式各樣、千嬌百媚的東西，在這裏一起展示，其中有的是活動着的；有的是靜止的，堆砌成一個姹紫嫣紅的大花園，美麗無比的嘉年華。大綠寶簡直看呆了。

「大哥！大哥！你終於過來了！」一個親切的聲音傳過來。

大綠寶一看，原來是綠寶二，正向他走來。

「歡迎大哥歸來！」綠寶三、綠寶四等一羣小海龜也在一旁拍手歡呼。

「謝謝大家！大家好！」

大綠寶回應着，一顆本來沉重的心，這才比較放鬆了些。

「大哥，那些大怪物可怕嗎？你沒受到襲擊吧？」

「他們走了嗎？會不會追到這邊來？」

有不少綠海龜成團湧上來，問長問短。

「他們沒什麼，並不是兇猛的一類，而且，還有悲慘的遭遇。」

大綠寶說出了他親眼看見的一幕。

「真想不到，那麼巨大的傢伙，也會被人類害得這樣慘，真是太可憐了！」綠寶八聽後，大大的震驚了。

「就是啊，看來人類是世界上最可惡最可惡的敵人了！」

綠寶九、綠寶十等一羣小海龜也議論紛紛。

綠寶二初時沒做聲，想了一想，才對大綠寶說：「照你看見的情形，證明那個貴貴一號並沒有說謊，大海豚們確實不會傷害我們，是嗎？」

「是的。不過，貴貴一號對於人類很多讚美的話，也不知是真還是假。」

接着，大綠寶便講起剛才聽到貴貴一號對海豚們說的一番話，引出了大家的一堆疑問來。

「我看他呀，根本就是個被人類『包起來』養的小幫兇、大間諜！」

綠寶三氣呼呼地説。

「好在海豚們不聽他的話，要不，現在就會受騙上當，自投人類的羅網了。」綠寶十説。

「可是，這個貴貴一號，所講的話也不全是謊話。我想，我們還是繼續去觀察研究。」大綠寶説。

「説得對。大哥，你一定餓了。來，我們先吃點『海裏鮮』。」

綠寶二關切地説。

「海裏鮮？」大綠寶覺得這名詞很新奇。

「從這邊去！」綠寶二揮揮手，領着大綠寶和眾多小海龜，向珊瑚礁這邊走。

這一路，大綠寶覺得自己的一雙眼睛都不夠用了：一簇簇彷彿是精心雕刻出來的石頭花枝上，重重疊疊、密密麻麻地延展出各種美麗得令人驚歎的物體來——有的像開屏的孔雀尾巴；有的像節日燃放的焰火；有的像層出不窮的魔術手；還有的竟然就像構造複雜的腦子……

當然，最令小海龜們開心的，是一大片一大片生長得非常旺盛的海藻叢。這都是他們喜愛的可口食物啊！馬上就可以開懷大吃了！

「這珊瑚礁真是個好地方，天生就是好吃的、好看

的！」

大綠寶一拍手，讓小海龜們各佔一個位置，就宣告「開餐」了。

「蠻不錯吧，我給你們介紹的這個好地方！」一個多骨節的身影游了過來，那是海馬先生，他早已吃得肚子圓滾滾的。

「這裏真是太好了！謝謝你！」大綠寶說。

大家都興高彩烈地吃着，綠寶十卻忽然大聲驚叫：

「啊呀……不好了！又有不明大物體來了！」

9. 逃出生天

大家一聽，即向前望。一個大大的、圓圓的影子，正在水中浮現。

「救命啊！」綠寶四等一邊叫，一邊跑。

「等一等，不要慌。」大綠寶勸道。

「好嚇人的大傢伙，不會是什麼海妖怪吧？」

「他，居然有和我們差不多一樣的打扮！呵，是位上了歲數的老長輩。」

喘定氣的小海龜，這回終於看清楚了，大圓影子原來

是一隻體型巨大的老海龜，正一下一下地游過來。

「您好，老爺爺。」

離他最近的綠寶二，有禮貌地打招呼。

「哎，是你們叫我嗎？小傢伙？」老海龜的頭轉了轉。

「是的。」綠寶二回答。

「還有我們啦。老爺爺您好！」

「您好！」

其他小海龜叫了起來。

「好哇好哇！原來是這麼多的小不點，我真是太久太久沒有見到自己的族類、子子孫孫了！這樣說，我真是逃出大難，重返龜間了！謝謝老天爺！嗚……」

老海龜竟然先哭了，又笑了。

「咦，老海龜，您為什麼這樣激動啊？」海馬游過來問。

「啊，是你，海馬先生！你不知道，我這百歲老海龜，死而復生，仍然活生生的游到這裏來，和你們見面，是多麼不容易！」

老海龜涕淚齊下地說。

「老爺爺，您有一百歲那麼老嗎？真不簡單！」綠寶二驚訝地問。

「一百歲又怎麼樣？經過那場大災難，我不過只是一個死剩種！」

老海龜抹一把眼淚，說起了自己的經歷……

老海龜名叫東陽生，一直在東海那邊生活。本來，一切都十分美滿，他的大家庭，子子孫孫數以萬計，歡聚在一起非常快樂。

可是，好景不常，幾年前，那邊海岸的人類，不知跑到海裏進行什麼大工程，搬來了鬼哭神號似的大機器，日日夜夜地開動着，把海底弄得亂七八糟，海水混濁不堪，令海洋生物們簡直透不過氣來，活不下去。幾乎每天都有大批大批的魚們、蝦們，以至蟹兒們，眼睜睜地死去，看得人心發寒……

起初，老海龜和他的海龜家族，還千方百計地左右躲避，希望能找出一點點生機。誰知道，有一天，他們家附近突然被一個個人類裝成的「潛水鬼」入侵，向他們伸出了「魔爪」，把老海龜的家庭成員活活捉走了，一去不復返！幸好老海龜機警過人，長期潛藏在一塊長滿水草的大礁石下，才僥幸逃了出來。

「真恐怖！那些人為什麼要捉我們的海龜族類？」綠寶四聽得心裏發毛，用手按着心口，緊張地問。

「哼，人類可惡，就是專做殘忍的事情。」老海龜悲憤地說，「當然，他們看上我們族類，是因為我們一身都是寶：我們肉質味道鮮美；背殼可以製成漂亮的裝飾品，甚至我們整個體型……啊，天啊！人類這惡毒的殺手，竟會將我們的族類，捉去開膛挖肚，變成一個個所謂的『標本』，擺放在他們的窗櫥中、書櫃上去『欣賞』。他們得到了我們種種寶貴的好處，但就是偏偏不把我們看作是有生命的物體。殘酷啊，殘酷！」

老海龜聲淚齊下，許多小海龜嚇得全身發抖，跟着哭起來。

10. 各持己見

「海龜朋友，你們也不要太傷心了，這種事情，到處都有。我的族類，早就受過人類的殘害：說什麼我們海馬對他們的身體『滋補有益』，他們就把我們的兄弟姐妹一羣一羣的捉去殺了，曬乾製藥……唉！還有比這更野蠻、更恐怖的事情嗎？算了算了，我們不要再提那些可惡的人類了。今朝有酒今朝醉，今天有海草今天吃。好在我們還有這個可愛的珊瑚花園，趁着人類的魔爪還未伸到這裏

來，快快享受享受吧。」海馬説。

「嘿，就曉得享受享受，你可知道珊瑚礁也正在受到人類的殘害和威脅？」一個新的聲音，在海馬和海龜當中響起。

大綠寶循聲一看，説話的竟然是一簇盛開着的、紅艷艷像牡丹花似的珊瑚！

他實在不敢相信自己的眼睛，小心翼翼地望着牡丹珊瑚問：「對不起，是你、你在説話嗎？」

「當然是我！你明明是聽到了的。」牡丹珊瑚有些不滿地説，「你就和不少人一樣，老是誤會了我們珊瑚是死物，沒有生命的。」

「我沒有以為你是死物，我只是以為，你是——植物。」大綠寶老實地答道。

「那就大錯特錯了，老弟。難怪珊瑚小姐不高興。」海馬在旁插嘴道。

「現在，我知道自己搞錯了。珊瑚小姐，對不起！」大綠寶説。

「你知錯就好了。我們珊瑚礁中，大多數屬於珊瑚蟲綱和刺胞動物，都是有生命、有感覺的。如果海水污染，或者氣候變化，都會危害我們的生命。」牡丹珊瑚説。

「原來是這樣。珊瑚小姐，你所說的話讓我們增長見識了。」

海星游過來，他的嘴裏還含着一些海藻，但仍要發表自己的意見：「可是，人類都在海面、海岸上生活，而你們是在海的最底下，他們是八竿子也打不着你們啊！」

「海星先生，你不知道那人類是萬物之靈嗎？他們神通廣大，上天下海，什麼都能做得到。不少海洋的珊瑚礁，被人類破壞了，石化了。離這裏不遠，香港東北面的大鵬灣，幾年前，就突然發生了海牀大災難。那裏有許多建築物，排出許多許多污染的垃圾，加上連場大雨，海水變得混濁骯髒，令水深兩米以下的珊瑚和海洋生物缺氧，幾乎全部窒息死亡！」

「真可憐！」綠寶二流出了淚水。

「千萬不能讓人類污染這裏的海牀！這麼好的珊瑚礁是我們的安樂窩，一定不能讓他們被毀壞！」海馬說。

「從現在起，我們就要好好地珍惜和愛護這個美麗的珊瑚花園，要不然，有朝一日，被人類的魔爪摧毀了，我們就沒有一口好吃的了！」老海龜語重心長的說。

「真有那麼嚴重嗎？」尖聲說話的，是正在游過來的貴貴一號，他一臉不在乎的樣子，說，「我看，人類不會

這麼壞吧。」

「你竟敢說這種話，還好意思過來找吃的！」綠寶四狠狠地瞪了他一眼。

「我只是就事論事。我看見的人類，都對我們海洋生物很好。所以，我不相信他們會危害海洋和這裏的生物。」貴貴一號臉不改色地說。

「你這小傢伙，來到這世界才多少天啊？居然對人類那麼肯定，真是未流過血不知痛！」老海龜忍不住要教訓他。

「他和我們不同，他是從溫箱裏孵出來的。」綠寶三在旁「揭穿」貴貴一號的「身分」。

「什麼？溫箱？那是什麼鬼東西？人類造的嗎？」海馬驚訝地反身一跳，尾巴呈一個大大的「？」

「是人造的先進孵化設備。」貴貴一號不無驕傲地說。

「這小傢伙由人類孵化，難怪處處都為人類講好話了。」一直潛伏在珊瑚叢中的海星說。

「我看他很可能是人類派出來的『間諜』，我們不歡迎他！」牡丹珊瑚不客氣地說。

「我不是間諜，我也要去找我的海龜媽媽。」貴貴一號說。

「無論如何，你還是乖乖地走開好！」

海星伸直五「角」，就像一個大巴掌，把貴貴一號趕出了珊瑚礁。

11. 星海閃閃

在珊瑚花園飽餐一頓之後，大綠寶和他的弟妹，都感到前所未有的舒暢和滿足。

天色由暗轉黑，夜，來臨了。小海龜們第一次在海中過夜，對一切都感到新鮮好奇。大海連接着夜空，無邊無界。

綠寶八猛地一跳，驚喜得叫出聲來：「咦！那邊有一羣星星跌落海啦！」

「天上的星星跌落海？不大可能吧……」綠寶二還沒説完，一班小海龜就叫起來：「看到啦！看到啦！星星在海上漂浮……」

這時，小海龜們都看見了：在不遠的海面上，有一片片乳白色的磷光，彷彿是星星，結伴在海浪中跳舞。這景象，真是奇妙得很。天上、海上都有星光，令小海龜們就像置身在神話中的仙境似的。

「傻小子，那是魚，不是星星。」老海龜笑着說。

「真的嗎？魚兒會發光？」綠寶八追問。

「你不相信，可以游過去看看。」老海龜說。

大綠寶聽了，二話不說，就帶頭游向發光的海面。

漸漸地，他們游近了那一片「星海」了。老海龜講的不錯，他們在遠處看見的「星星」，原來都是魚的形體。在這些魚的身上，有的發出白色的光，也有的發出藍色的，或者是綠色的光。就像一排排的節日燈飾，十分好看。

看了一會兒，小海龜們再游回老海龜身邊，七嘴八舌，提出了比「星星魚」還要多的問題。難得老海龜，不厭其

煩一一解答着：

「龜爺爺，那些魚的身體，為什麼會像星星那樣發光？」

「因為在這些魚的身體兩側和腹部，都長着發達的發光器官。」

「身上發光的魚，是不是很熱很熱，不會怕冷？」

「不是的。他們只靠身體裏面的細胞發光，是一種冷光，即使摸上去，也不會感到熱的。」

「那他們為什麼要發光呢？」

「用來照明，尋找食物。當然，如果他們有的同伴離羣了，也可以發光作信號燈，把他或她召喚回羣中。」

「那可真有用處，可惜我們的身體不會發光。」

「不同的生物，有不同的特性和優缺點。我們生為海龜，也有我們的長處。起碼，我們的壽命可以很長，能見識很多古怪有趣的事物。」老海龜説着，打了個呵欠。

「那還不錯，長命是最好的。我就想看到更多更好的東西。」綠寶八依然興致勃勃。

「咦，在那邊的一羣魚，全都動也不動的，是不是全死去了？」綠寶四忽然叫起來。

大家望向他指着的方向，果然有一團靜止不動的魚羣，

似乎沒有了生命力。

「別大驚小怪，那羣是倉魚，他們習慣集體睡覺。你們也應該安安靜靜，快快睡覺了。」老海龜又打了個呵欠說。

「來吧，來這邊睡吧。這邊的沙牀很厚，夠舒服的。」一個嬌柔的聲音說。大綠寶一看，原來是美麗的珊瑚小姐。

「我來了，謝謝！」老海龜說着，走了過去。

其他小海龜，也先後跟上。

大綠寶舒展一下四肢，感覺到海中夜晚的一片平靜。就在他把眼光掠過前面的岩石時，看到幾個同類的身影——那不是他的弟妹，而是貴貴一號、二號、三號、四號……

一種不安的感覺，在大綠寶的心內冒起：大海的平靜，只是表面和暫時的。他想，那麼多的海洋生物，都感到人類對他們的危害，真是時時刻刻也要提心吊膽的。可是，那貴貴一派，卻堅持認為人類是好的，能在必要的時候，出手保護我們的族類。這些貴貴派，究竟是不懂事，還是因為受到人類的優待，就把黑的說成白的，硬要為人類講好話呢？這樣做到底又有什麼好處？大綠寶想着一串串的問題，睜大眼睛望着水中和天上的光點，竟然大半夜也睡不着覺。

12. 全力以赴

「哈囉，早晨！」

「早上好！」

新的一天來了。珊瑚礁上下的各種海洋生物，互道早安，一片生氣蓬勃。當然，有的族類還是慣常的沉默，像沉聚在最底層的寄居蟹，他們一聲不吭，也不知道是睡着還是醒了。

大綠寶把所有的小海龜集合在一起，吃過海藻早餐，就要繼續行程了。

老海龜語重心長地對他們說：「在路上一定要小心，盡可能避開一切有人煙的地方。」

「你不和我們一起走嗎？老爺爺？」綠寶八天真地問。

「不去了。我在南海那邊沒有家人，也沒有同系的親朋好友。」老海龜長歎一聲。

「我們把你當親人，可以照顧你呀。」綠寶四說。

「多謝了。在這裏，我剛找到失落了的珊瑚樂園，已經很滿足了。餘下的日子，我但願就能在這裏平平安安的過下去。你們只管快些回家，找到自己的父母吧，他們一定等得心急了！再見！」

「再見！」小海龜們高聲地回應。

接着，他們又向珊瑚小姐告別。海馬先生也在那裏，奇怪的是，他一看到小海龜們，就變得異常緊張，開口高叫：「不要走過來！千萬不要走過來！」

「這海馬先生是怎麼了？怕我們跟他搶海草吃嗎？」綠寶三奇怪地說。

「他是有些過分緊張，因為他要做爸爸，怕孵着的卵子會受驚。」珊瑚小姐解釋說。

「什麼？你要做爸爸？竟然自己孵卵子？」小海龜都驚奇得伸長脖子，直瞪着海馬。

「正是這樣。」珊瑚小姐說，「海馬先生是公認的海中模範丈夫和優秀父親。海馬太太在他腹部的育兒囊中產下卵子，海馬先生就像袋鼠媽媽那樣，從這個時候開始，自行獨力孵化海馬寶寶了。」

「那海馬太太呢？」綠寶八問。

「她去忙自己的事情啦。」

「海馬先生真偉大呀！我們能看見海馬寶寶出世嗎？」許多小海龜一起說。

「不好意思，還要過二十天呢。」海馬說。

「二十天？太長了，我們得先找到爸爸媽媽。海馬先

生，我們以後回來，再看你和海馬寶寶吧。預祝他們生日快樂！」綠寶二乖巧地說。

「謝謝！」

「再見！」

「再見！」

小海龜們終於離開珊瑚礁，開心地上路了。

「為了早日回家，我們要不停地游泳，全速向前。做得到嗎？」大綠寶問。

「做得到！」小海龜們信心十足，一起用四條小肢槳，大力撥動海水，向前游去。

海中的水流，有時平緩，有時湍急。小海龜們用出吃海藻的力氣，拚命地游。

作為領隊的大哥哥、大姐姐，大綠寶和綠寶二特別留神，他們一個辨認方向，時刻保證路向正確；另一個負責照看隊伍，努力使所有小海龜的游泳速度基本一致。當他們繞過一塊很大很大的礁石時，綠寶二忽然向游在最前面的大綠寶叫起來：

「等一等，不要游那麼快，好像有幾個小弟妹掉隊了。」

各走一邊

大綠寶停了下來，全隊小海龜也減慢了速度。

過了一會兒，綠寶二才説：「沒事了，剛才是我一時看錯了，那幾個，不是我們一家的。」

話剛説完，貴貴一號等幾個就從後面游過來了。

「喂，你們不是説自己很有見識，又已經看見過自己那個『世界上最好的爸爸』嗎？為什麼還要死跟着我們的尾巴呀？」

綠寶三毫不客氣地説。

「我們見過的爸爸，不是我們真正的爸爸。我們還是要去找自己真正的爸爸和媽媽。」貴貴一號喘着氣説。

「你講什麼呀，難道爸爸還有真的和假的嗎？我只知道你是個『大話精』，誰知道你究竟有多少個爸爸！」綠寶三用嘲笑的口吻説。

其他的小海龜也笑了起來。

「這有什麼好笑的？你們見識少！用人工保溫箱孵育我們的海龜爸爸，其實是人類；現在我們要去南海找的是我們真正的海龜爸爸。」貴貴一號依然嘴硬。

但其他小海龜們一聽，都嘩然了：

「什麼？把人類認作爸爸？真不知羞恥！」

「你們是不是應該算作『人龜』，而不是海龜？呸！一羣怪物！」

貴貴一號氣壞了，跳起來說：「不准你們胡說！」

「誰胡說了？是你自己講的，認人作父，海龜敗類！」綠寶四反駁道。

貴貴一號氣極了，竟伸出四隻肢爪，衝上去要跟綠寶四拚命。

其他的貴貴一派和小綠寶們，也一湧而上，各幫各的一方對打。

「住手！別亂來！」大綠寶和綠寶二急得連聲喝止。

但一時之間，誰也不能停手。小海龜們扭打成一團，難分難解。過了一會兒，貴貴一派畢竟是龜數不足，力量單薄，全都被打得縮頭縮腳，大叫：「救命！」

「好了，大家停手，誰再打下去，我要重重地處罰他！」

大綠寶走到貴貴一派和綠寶們中間，厲聲斥責好鬥的小海龜。

「對這些認人作父的傢伙，不教訓教訓怎麼行？」

綠寶四、綠寶五等幾個小海龜，依然很不服氣。

「我們教訓別人，是要擺事實、講道理。不要以武力壓制對方。放他們走吧。」綠寶二平心定氣地說。

「就是！大海朝天，各走一邊。你們走你們的路，我們走我們的路，誰也不冒犯誰。」貴貴一號急急忙忙伸出頭來舒一口氣，說。

「我最討厭依仗人類，作威作福的壞海龜！快滾開，不要讓我們再看見！」綠寶四氣呼呼地說。

「走吧，你們還不快些走！」綠寶二向貴貴一派催促說。

於是，他們伸出四肢猛扒水，游過了綠寶們的包圍，越游越遠。

14. 天昏海黑

為了爭取時間，大綠寶帶着所有的弟妹，每天總是由日出一直游到日落。有時候，他們甚至在夜裏也游——一直游到午夜，才輪流休息。

貴貴一派多半是怕了，沒有游近他們的隊伍。

雖然綠寶們有時也會看見貴貴們的身影在海中掠過，但彼此之間不再對話，互相避免碰在一起。

不過，有一種感受，即使不説出來，相信大家都是共有的：那就是越在海中奮力游泳，越會覺得海洋遼闊深遠；在路上遇見的生物，也越來越多。而每一種族類，要爭取在海洋裏生存，都很不容易。

時間一天一天過去，小海龜們已經游到很遠很深的海裏。在水下，他們見到的，往往是暗黑的一片，很難分得出究竟是白天，還是夜裏。

在這樣的環境中，危險也大大的增加了：一些帶有攻擊性的海洋生物，神不知、鬼不覺地潛伏在暗處，隨時都可能出動，傷害小海龜。所以，綠寶二不斷地提醒大家，一定要提高警覺。

大綠寶還特別組織了巡邏隊，在小海龜的隊伍前後周

圍巡邏。而大綠寶本身的睡眠時間，就越來越少了，一天忙到晚，直至眼睛睜不開，才肯讓別的兄弟代替他巡邏，自己迷迷糊糊地睡上一覺。他總是恨不得三步並作兩步游，只盼快快游出這極不安全的深海範圍。

這一天，大綠寶剛剛醒來，睜眼一看，四周黑糊糊的，幾乎連自己的四條肢爪也看不見。他一急，叫起來：

「綠寶二、綠寶三、綠寶四……你們在哪兒？」

「有！」

「我也在！」

「發生了什麼事？」前後左右都有小海龜回應。

「為什麼這樣黑？什麼都看不見？」

「不知道！」

「好可怕！」焦急的、恐慌的聲音響成一片。

「別吵了！不知好歹的小傢伙。巨型八爪魚來了，還不快閉眼閉嘴！」

一個陌生而粗魯的聲音，就像橫伸過來的一把鍘刀，把小海龜的叫聲鍘斷。

「巨型八爪魚？」

好古怪又嚇人的名稱！

15. 章魚兇猛

大綠寶還未回過神來，眼前一股黑浪直噴過來，他只好閉上眼睛，連呼吸也暫時停止了。

在墨一樣的黑暗深淵中，冷冰冰的如死去般寂靜。這是海洋末日──世界末日到來的時刻嗎？小海龜們都感到四肢，以至全身都麻痺了。片刻後……

「謝天謝地，那隻八爪魔鬼游過去了，這下可以鬆一口氣了。」

又是那個陌生而粗魯的聲音在叫。

所有的小海龜都忍不住睜開了眼睛。

他沒有説錯，天亮了——不是從夜裏轉到白天的天亮，而是海水變得清澈，回復了正常的深藍色，再不是黑墨墨的了。

「咦，剛才是誰在説話呢？」

許多小海龜四處張望，卻看不見發出聲音的「源頭」。

「哼哼，是他，隱蝦。哼哼。」又是一個陌生的聲音。不過，這次説話的「源頭」，小海龜們都看見了，是一隻海螺。

「你是説，剛才講話的生物叫做『隱蝦』嗎？海螺小姐？」綠寶八仰臉向海螺求證。

「你沒聽清楚嗎？哼哼！我是玉螺，哼哼，不是普通的海螺。哼哼，知道嗎？」玉螺擺起架子説。

「但我們實在看不見這裏有什麼蝦。」綠寶十探着頭，老老實實地説。

「哼哼，你們當然看不見，他是透明隱形的嘛。哼哼！」玉螺説。

「那八爪魚呢？到底是什麼東西？很兇很可怕的嗎？」綠寶八又問。

「哼哼，你們真是問題多多。哼哼！八爪魚就是章魚，天生就是最狡猾難搞的對手。哼哼，這傢伙會放黑墨汁，

把水搞混，麻痹我們，然後就想逃之夭夭。哼哼，我又嗅到他的氣味了！哼哼，我要追上去，哼哼！」

玉螺說着，就向前衝。

16. 海參忠告

就在玉螺走了之後，貴貴一派的身影，在海中一閃而過。

他們游過去做什麼？去看八爪魚和玉螺搏鬥嗎？

大綠寶心神不定地向着他們走過的方向張望，卻已不見了他們的蹤影。

「嗨！嗨！還不攔住他們？嗨！嗨！真是一班小傻瓜！」

一個古怪的聲音，從海底下鑽上來。

大綠寶和其他小海龜紛紛低頭尋找，看看是誰在講話。

「竟說我們是小傻瓜，那她是什麼？是一個多嘴的大傻瓜！」

綠寶十二最早找到發出怪聲的東西——一條形狀長長、圓圓，像黃瓜似的物體。

「她是海參姑娘，有兩個口，不是什麼多嘴的大傻瓜。

知道嗎？小傢伙。」一條海鰻剛好游過來，説。

「呀，兩個口，還不多嗎？」綠寶八又問。

「不多。」海鰻解釋，「她的口分別在兩頭：一頭是用來吃東西的口腔，當中有一條食道，一直延長到另一頭的肛門附近，分出一條呼吸用的支管。她的呼吸器，就連接着肛門。」

「嘿嘿，兩個口，分別用來吃東西和呼吸，真奇怪！嘿嘿嘿！」

綠寶八和綠寶十二等小海龜笑了起來。

「不要這樣沒禮貌，小心你們的嘴巴。」綠寶二急忙制止。

但是，已經遲了，海參游了上來。

「嗨嗨，你們是在説我嗎？」

「對不起，我的小弟妹們不懂事。」

「嗨嗨，實在是太不懂事！你們的弟妹不知死活，跟着八爪魚屁股轉，隨時都會送命！你們還不快快把他們拉回來，真是太傻了！嗨嗨！」

「可是，他們根本不是和我們一條心的，要拉也拉不住。」綠寶二發急説。

「嗨嗨，那太危險了！八爪魚是連人類都敢殘害的兇

猛傢伙！」

「他們連人類都敢殘害！」大綠寶聽到了，大吃一驚。

「是啊！嗨嗨！我就親眼看見過，有一個人，穿着全副裝備潛入海中來。不料，一條比他大十倍的巨型八爪魚，一下子就用八條長長的足腕，把他牢牢纏住。」

「有那麼大的八爪魚嗎？」大綠寶和綠寶二都不肯相信。

「當然有！嗨嗨！我可不是睜眼亂説話的。那八爪大怪的長爪，每一條都是軟綿綿的奪命索，可怕極了！上面布滿大大小小的吸盤，會死死地吸在人的身上和臉上，再咬破人的皮膚，向傷口分泌毒液，令人昏迷，然後一點一點地吸食。」

「太惡毒了！那人不會斬斷章魚的八爪，再逃跑嗎？」大綠寶又問。

「嗨嗨！那是非常困難的！即使把章魚的爪斬斷了，嗨嗨！他不久又會從斷裂的地方，再長出一條新的爪來。」

「哎呀，他的再生能力這麼強，那你看見的人，是不是就真的被他吃掉了？」綠寶二緊張地問。

「嗨嗨！我看到那個人和章魚互相拉扯着，一直被其他人拖到船上去。嗨嗨！結果怎麼樣，我就沒有看到，也

不知道。總之，他們都沒有再回到海中來。嗨嗨！」

「嘩！這八爪魚真夠厲害的，連貴貴一派崇拜的人類，也不是他的對手。那貴貴們現在游過去，不是等於自投羅網嗎？」

綠寶十三在旁插嘴道。

「嗨嗨！就是了，危險萬分呀！嗨嗨，你們再不去攔阻，他們可就一去不回了！嗨嗨！」

17. 更大危機

聽到海參的警告，大綠寶就像被火燒着似的心焦難受。他對綠寶二等一羣弟妹們說：「你們都別走開，我去一趟就回來。」

綠寶二聽了，比大綠寶更心焦，即刻反對說：「不行！在巨型惡毒的八爪魚面前，連人類也無能為力！我們更是自身難保，千萬不要為他們再冒險了！」

「你說的我都明白，但是，現在危險當頭，如果我不盡自己的力量把他們勸回來，萬一真的出了事，我這一世也不會好過。」

大綠寶的語氣非常堅定。

綠寶二知道無法留住他，含着眼淚看着他前去。

「嘩喇喇……嘩喇喇……」

突然，海上發出很大很大的響聲，海水湧出許多許多的泡沫。小海龜們不知道發生了什麼事情，整個隊形都亂了。

綠寶二一驚，大叫起來：「大哥，你千萬不能走，馬上就要出事了！就是死，我們也要死在一起——」

一句話還沒有喊完，一個兇猛的浪頭打了過來，就把所有的小海龜都打散了。

大綠寶奮力撥動着面前的海水，但除了滿眼泡沫之外，他一點兒東西也看不見，張口要叫弟妹的名字，那些帶泡沫的苦鹹海水，立即湧到他的口中。

「啪！啪！啪！」

驚天動地的巨響，連珠炮似的劃過海空。

大綠寶幾經周折，才睜開了眼睛，但是，連一個小海龜的影子也看不見。他真是急壞了，拚出全身的力氣，不停地划水，把雙眼睜得最大最大。

「啪！」又一聲巨響。大綠寶被一個兇猛無比的巨浪，一下子抛到半空中——就在一剎那間，大綠寶看見自身附近，有一個非比尋常的龐大物體，要比海豚大很多倍，正

高高地躍出海面。這究竟是什麼傢伙？
可算是海洋生物中的「巨無霸」吧？

　　大綠寶還來不及看清楚
那傢伙，他已經「啪！」的
一下，再落入海中。大綠寶本
身，也幾乎在同一刻跌進海裏，
被那龐然大物激起的浪頭拋出好
遠好遠，驟然失去了知覺⋯⋯

　　「小傢伙，小傢伙，你快呼吸
呀！」

　　當大綠寶恢復知覺的時候，聽見
一個聲音。

　　他舒了一口氣，睜開眼，看見自己躺在
一叢軟綿綿的東西旁邊。

　　「請問你⋯⋯你是誰？我、我為什麼會在這
裏？」大綠寶問。

　　「我是海綿，還是第一次和你見
面。你剛才被虎鯨濺起的大浪沖過
來這裏了，可算得上是命大。」海
綿快嘴快舌地說。

「海綿姐姐，謝謝你告訴我。但我還是記不得什麼虎鯨呢。到底又是怎麼回事？」

「虎鯨就是殺人鯨。你真是初生小龜不怕『虎』！要知道，剛才虎鯨高高地跳起來，就是用身體語言告訴同伴，海中最恐怖、最殘暴的殺手──鯊魚，馬上就要殺過來了！」

「鯊魚？」大綠寶全身一震，立刻翻身站起來。

「小海龜，你應該儘快找個地方躲起來！鯊魚一看見會動的東西，就要襲擊。連我也要暫停呼吸，不再抽取海水裏的食物呢。」海綿驚恐地說。

「我一定要去找回所有的弟妹！」大綠寶顫抖地說着，就向前游。

「不──好──快──躲──」

海綿叫道，但大綠寶已經把她拋離遠去了。

18. 鯊口拔河

幾道波牆沖過，那是虎鯨逃走帶起來的，大綠寶被浪推開了。他幾經掙扎，才游回到與綠寶等小海龜分手的地方。但是，他們連一個影子也沒有！

　　大綠寶全身的皮膚都縮起來。一個可怕的念頭在心中跳出來：他們被兇惡的鯊魚襲擊，成了海洋殺手的點心？

　　還未等到大綠寶想清楚，前面幾尺遠的海面，有一個灰色的龐大身影閃過，比人類的艇還大！那一定是鯊魚了！這傢伙果然厲害，背脊上的鰭，就像尖刀一樣，破開海浪，直向前衝。

　　大綠寶把頭、身一縮，儘快下沉。落到了一塊石頭旁，才站穩腳便向鯊魚游過的方向張望。

　　海水動盪得像沸騰了似的，看來鯊魚就要游回來了。大綠寶屏息以待，一心只想熬過這一刻，等鯊魚快些游過去。

　　窮兇極惡的海洋殺手就在大綠寶頭頂上游過，而且不止一條！大綠寶感到心也變得僵硬了。透明的海水，無遮無隔，殺手的猙獰面目，一下子透露出來，地獄中的惡魔，也不外如此吧：尖尖的頭上，有一個驚人的血盆大口，口中嵌着三角形的鋒利牙齒，就像是上下兩把連環大鋸。任何生物碰上了，恐怕就連渣滓也不能剩下來！

　　大綠寶不願意看，但又不能不看。他現在最擔心的，是弟妹們的下落。他忍着徹骨的恐懼，特別仔細察看海洋殺手的血口和利齒裏面，有沒有小海龜形狀的物體……

　　不知道是不是應該慶幸，大綠寶一直都沒有什麼發現。眼看鯊魚們就要游過去了，突然，就在離大綠寶不到三公尺遠的地方，海水一響一動，令大綠寶一驚，鯊魚們也同時被驚動了——

　　大綠寶定睛一看，天啊！那裏竟然出現了幾個小海龜的身影！他只覺自己的一顆心，似乎一下子跳上了喉嚨！

　　說時遲，那時快，鯊魚們像餓鬼見到了美食那樣，一起轉了身，向着被發現的小海龜們撲過去。

　　面臨大羣鯊魚的恐怖襲擊，大綠寶的心快要跳出胸膛！在這一刻，他渾然忘記了自身的危險，全副心力，都放在被鯊魚包圍着的幾個小海龜弟妹身上。眼看他們就要變成海洋殺手的點心，大綠寶不顧一切地衝過去。

　　好在那幾個小海龜還算身手敏捷，一下子轉過來，就拚命地逃跑。可是，兇惡的鯊魚，哪裏肯輕易放過嘴邊的「點心」，於是，加快速度，緊追不捨。

　　「快快游到這邊來！快！快！」大綠寶大聲向小海龜們叫喊。有兩條鯊魚聽到了，馬上張着口，呲牙向他逼近。

　　「危險！大哥！不要管他們，快到這邊來！」

　　綠寶二的聲音，忽然由另一個方向傳過來。

　　大綠寶扭轉反身一看，只見她和一班小海龜，正藏身在一個比較隱蔽的岩石洞中。他這才明白了，正被鯊魚追殺的，不是他的綠寶弟妹，而是貴貴一派。他大可以不理他們的。

　　就在這時候，那些鯊魚已逼近貴貴一派了。大綠寶想也不想，就快步過去拉住游在最前面的貴貴五號。

　　「哎呀！他們真快沒命了！來，我們一個咬緊一個的尾巴，把他們拉到岩洞中來！」綠寶二向岩洞內的弟妹下命令。接着，她首先衝上去，一口咬住了大綠寶的尾巴。

　　其他的小海龜，紛紛像接龍似的，一個咬着一個的尾巴；貴貴一派那邊，也學着小綠寶們的樣子，反身掉頭，一個咬緊一個的尾巴。

　　可是，鯊魚游得比他們快很多倍。大綠寶已經看見游在最前面的一條，瞪着兩隻死魚似的眼睛，一張尖嘴直逼排在最後的貴貴一號。

　　「用力拉！」大綠寶向綠寶二以及後面的小海龜大叫。

　　頓時，他們就像拔河似的，在鯊魚的血盆大口邊角力。

　　眼看着快要吃到口中的「點心」，竟然斗膽抗爭，那一羣惡鯊氣得鼻孔出煙，怒目圓睜，一條條張牙突齒，步步進逼。

　　「我們死，也要死在一起！」綠寶二說過的一句話，又響在大綠寶的心中。不過，他現在還很不甘心，還沒見到爸爸媽媽呢，怎麼能就這樣離開這個世界？不行！絕不能白白地給大鯊魚當點心！他出盡力氣，拉了對面的貴貴一把。

　　「嘩喇喇……」一個前所未有的巨浪，劈天蓋地般打過來，把所有的小海龜都捲了進去。

19. 重見天日

「再見了，親愛的哥哥姐姐。」

「遠方的爸爸媽媽啊，我們要完了，永遠也見不到你們了⋯⋯」

巨浪下的小海龜，紛紛向世界告別，哭聲特別淒慘。

然而，他們都竭盡全力，彼此手拉手，不放開。

大海就像被放入了無形的攪拌器，浪濤洶湧澎湃，翻來覆去。

「不！我們不能死，一定要見到爸爸媽媽！一、二、三！出力！出大力！不——要——放——棄——」

大綠寶的聲音穿越海浪，傳入小海龜的耳中。

就在一剎那間，海浪突然停止翻滾動盪，好像有什麼東西把天地間的海洋定住了、靜止了。

「這是怎麼回事？難道、難道我們已經到了天堂？⋯⋯」

綠寶二想着，卻不敢有任何動靜。

大綠寶深深地吸了一口氣，瞪大眼睛，環顧四周，只見一個個巨大的身影，排排並立在前面。

「中華海豚來了！中華海豚來救我們了！」

綠寶三、綠寶四一起叫了起來。

大綠寶看清楚了，並排站在前面的，是中華海豚。這些救星，來得真及時！他們其中一隊在保護着綠海龜，另外一隊，正在追擊兇惡的鯊魚。這真是勇敢又有正義感的好朋友！

大綠寶一陣激動，叫了起來：「謝謝你們！海豚朋友！」

其他小海龜，也跟着叫起來。

善良的中華海豚們，很有風度地點點頭。

過了一會兒，看見遠處的鯊魚逃走了，他們才漸漸散開。

「我們得救了！」

「大家都活着，一個都不少呢。哈哈哈！」

小海龜們一個個欣喜若狂，又跳又叫，眼中流出歡樂的淚水。

海水平靜了，又出現一片蔚藍色。

他們浮上海面，看見同樣一片蔚藍色的天空，一切是多麼美好。

在這一刻，所有小海龜們都感到，生命特別寶貴。

「真沒想到，在生死關頭，你們也肯伸出手來，救我

們一把。」貴貴一號用感激的目光，望着大綠寶。

「我們到底是同類，本來就應該有福同享，有難同當。」大綠寶真誠地説。

貴貴二號也游了過來，説：「綠寶大哥講得好，我們有的兄弟姐妹太驕傲，拒人於千里之外，是不對的。」

綠寶二接着説：「當然，我們的弟妹也有做得不好的地方。不過，只要你們不要處處維護可惡又可怕的人類，我們和你們，也沒什麼過不去的。」

「説實在的，我們也不是特別要偏幫人類，只是講出自己看見的事實罷了。」貴貴一號還是有所保留。

「好了，過去的事情，都不要再去計較了。今後，我們大家一起上路、一起前進，直到游回自己的家，回到自己的父母身邊為止。好嗎？」大綠寶大方地説。

「好！」

「贊成！」

兩邊的小海龜，一起回應。

20. 天堂海南

不知道是不是心情變得越來越好了，小海龜們在海中

游着，游着，只覺得海水越來越清澈晶瑩，他們所到之處，都感到亮麗、溫暖。

綠寶隊伍中，加上了貴貴一族，隊形也比以前更壯大、更壯觀了。為了尋找足夠的食物，他們不斷派出先行小組，四出查探。

這次，輪到貴貴一號和綠寶八、九、十先行。他們一早就出發了。可游了一段時間，也沒什麼發現。貴貴一號覺得自己的肚子已經空得像鼓一樣咚咚咚地響，四肢也軟綿綿的沒有力氣，他的游速越來越慢了。

「貴貴少爺，你怎麼搞的，游得這麼慢？全隊兄弟姐妹，正等着我們找食物開餐呢。」綠寶八説。

「我的肚子餓得打鼓，快游不動了。」貴貴一號苦口苦面地説。

「哎呀，現在誰不是餓肚子？越是這樣，越要快些找到填得飽肚子的東西才行！你不能太嬌氣了。」綠寶十忍不住説。

「隨便你們怎麼説，我、我不但肚子餓，腿發軟，還眼發花……」貴貴一號停止不游了。

「是花！花！真的花！我也看見了，前面有一朵開得大大的玫瑰花！」綠寶九驚叫起來。

其他的小海龜向他指的方向一望，果然，有一朵像玫瑰花形狀的物體，在水中盛開，顏色比陸地上的花朵更加鮮艷美麗。

他們情不自禁地游了過去。然而，當他們接近那朵「玫瑰花」時，才發現那朵其實不是真正的玫瑰花，而是一叢貌似玫瑰花的珊瑚。

接着，他們又發現了更多的海洋生物，像海膽、海葵、海藻、海瓜子、海底麻雀等等。這真是一個生氣蓬勃的海底世界。貴貴一號心花怒放，立刻一頭伸到海藻中，開懷大嚼起來。

「嘖嘖嘖，這是哪一家的孩子啊？怎麼就像是餓鬼出籠似的，吃相這麼難看。」

「我看他的年紀小得很啊，他的爸爸媽媽怎麼不管教管教他？說不定還是自己跑出來的呢！」

貴貴一號吃得正歡，卻聽到頭頂上有兩個聲音在說話，他顧不了那麼多，拚命地把海藻塞入嘴巴。

「喂喂喂，你怎麼能只顧自己吃飽肚子，就把所有挨餓的弟妹都拋諸腦後了呀？！」

綠寶八、九、十走過去，催促貴貴一號歸隊。

「嗯，嗯，我還沒吃、吃飽呢⋯⋯」

貴貴一號含着滿口的海藻，咕咕噥噥地說不清。

「等等，你們這幾個孩子，是哪個綠海龜家庭的？」

貴貴一號頭殼上的聲音直衝下來。

小海龜們一看，是兩位比他們大好幾倍的成年綠海龜。

「啊，你們是我們的媽媽？」

貴貴一號喜出望外，傻里傻氣地問。

「胡說什麼呀，我們是年輕的綠海龜女子，還沒有生育呢！」其中一位成年海龜生氣地說。

「我倒是要看看，你們是哪一家的孩子，這麼沒禮貌、沒家教的。」另一位成年海龜說。

「對不起。」綠寶八乖巧地說，「我們的兄弟姐妹都餓壞了，還沒有找到自己的爸爸媽媽，因此誤會了。」

「哦，原來你們正在找爸爸和媽媽。是從很遠的地方來的嗎？」綠海龜女子問。

「我們是從香港來的。」

「香港？那是很遠很遠的地方啊！就你們這麼幾個小不點兒，真不簡單！」

「我們還有很多兄弟姐妹在後頭，等着我們找吃的東西回去。」

「哎呀，太可憐了，快讓他們來吧。對了，我們那邊

有好幾個綠海龜家庭，讓我們即刻去幫你們查查看，有沒有從香港過來的大海龜吧！」

「謝謝兩位阿姨──不，大姐姐。再請問一聲，這裏是什麼地方？」

「這裏是中國的海南，附近有個海南島。」

「海南？我還以為到了天堂呢！哈哈哈！我很喜歡這裏，不想走了。哈哈哈！」

貴貴一號摸着吃得脹卜卜的肚子，開心地笑。

「快走吧，歸了大隊，再和大家一起來。」

綠寶八、九、十，一同合力把貴貴一號拉走了。

21. 悲喜交集

「親愛的孩子們，令我日日夜夜牽腸掛肚的小綠寶貝，你們終於回來了，回到我的身邊來了！這是真的，我沒有做白日夢。」

「沒有沒有，千真萬確，是我們的綠寶貝，看，這是──」

「我，大綠寶！」

「我，綠寶二！」

「我在這裏，是綠寶三！」

「啊，好看的寶貝，我要好好地一個個看，一個個親！爸爸媽媽好愛你們呀，心肝寶貝……」

貴貴一號剛回到大隊，就被眼前的景象嚇得幾乎跳起來：那兩個通風報信的海龜姐姐，行動迅速得令人難以相信，竟然一下子帶來另外一批大海龜，而其中一對，看樣子就是綠寶大家庭的一家之主了。他們對着成百個小綠寶，開心得淚花閃閃，一刻不停地親了一個又一個。

所有的小綠寶，更是歡跳雀躍，輪流撲入大海龜的懷中，嘴裏「爸爸好！媽媽好！」地叫得甜甜的，彷彿含了一口的蜜糖。

綠寶八、九、十也不甘落後，馬上就投入接受父母擁抱親吻的行列中去。剩下看得呆了的貴貴一號，一時還沒反應過來。冷不防，那兩個海龜姐姐走過來，向他問：「咦，你不是和他們一起的嗎？怎麼不過去見見你的爸爸媽媽？」

「見爸爸媽媽？」貴貴一號回過神來，反問那兩個海龜姐姐，「你們見過我的爸爸媽媽嗎？他們在哪裏？」

「奇怪啦，那不是你的媽媽和爸爸嗎？」

其中一位海龜姐姐指着綠寶媽媽和爸爸説。

「不是。」貴貴一號搖搖頭。

「當然不是了，他的爸爸是人類。」綠寶九、十在一旁解釋着。

「怎麼會？！爸爸是人類？太不可思議了！這不是真的吧？」海龜姐姐驚訝萬分。

貴貴一號搖搖頭：「不是。」

頓了一下，又説：「是的。」

「喂！你這小子，有沒有搞錯？究竟是還是不是？這種事情開不得玩笑！你一定要講得清清楚楚，我們才可以幫你找到真正的爸爸媽媽呀！」海龜姐姐急得猛拍着貴貴一號的龜背說。

「我、我……」貴貴一號的淚水，不知怎麼的就湧上了眼眶，嘴裏更加含糊不清。

「事實上，他還處於『蛋期』的時候，就被人拿去溫箱孵化了。」大綠寶走過來為貴貴一號解釋。

「啊，明白了，那叫做『人工孵養』。但他到底不是人類生育的，一定有自己的海龜爸爸和海龜媽媽。」海龜姐姐恍然大悟。

「對，就是這樣，我也要游來找自己的親生父母，恨不得馬上就見到他們。」貴貴一號眼淚汪汪地說。

「你會見得到的。看看，在那一邊的是不是你的父母？」海龜姐姐伸手指給貴貴一號看。

只見那邊有一對大海龜，正在和貴貴二號、三號、四號、五號等擁吻。

貴貴一號皺皺鼻子，不是很肯定，猶猶豫豫地走過去。

剛剛吻過貴貴五號的海龜爸爸，轉頭看見貴貴一號，上下打量着問：「這個是哪一家的孩子？你的父母怎麼還

沒來相認啊？」

貴貴一號愣了一下，好不尷尬地說：「對不起，我搞錯了。」

「沒搞錯呀，你們貴貴一派，不都是同樣從溫箱孵化出來的嗎？」綠寶二在旁輕輕地說。

「我們同在一個溫箱，卻不是同一個媽媽爸爸生養的。」貴貴一號低下頭，低聲地說着，轉身走開，心裏感到從未有過的孤獨和悲哀。

「就他一個找不到父母，真可憐。」

「他不會是個孤兒吧？」

紛雜的議論聲，像咬人的蟲子，一串串鑽入貴貴一號的耳朵，他難受極了，眼淚水溶入到海水裏。

「這沒可能。我們已經通知了所有到過香港去產卵的媽媽級海龜，而且，海龜父母和自己的孩子團聚，是從來也不會搞錯的呀。究竟有什麼問題，我看一定得查清楚。」

兩個海龜姐姐，邊說着邊跟着貴貴一號走過來，但他拚命加快腳步走，只恨不得找一個石洞躲藏起來。

貴貴一號越走越快，越走越遠。可是，茫茫大海，哪裏才是自己的家，哪裏才能找到父母呢？他心頭一冷，打了個寒顫。

「孩子！我的孩子！天啊，可讓我找到你了！快過來啊……」

一個柔和而微顫的聲音，驀地飄過來。

他不由得站住了，這是他有生以來聽到的、世界上最最親切的聲音。同時，他眼前有一個大海龜的影子，在蔚藍色的海水中若隱若現。

他馬上打了自己一巴掌，看是不是在做夢。

「你還遲疑什麼？我最親愛、最想念的兒子！快來吧！我就是你的親媽媽！還請體諒我的腳不好，來晚了。」

大海龜的影子穿越過水幕，清清楚楚地顯現在貴貴一號面前，並伸出手來把他抱入懷中。

「媽媽，你真是我的媽媽？！你的腳……」

貴貴一號偎在大海龜懷裏，不覺得寒冷了。但他看見大海龜的一隻腳短了一截，心內一沉──他萬萬想不到，自己的媽媽會是這個樣子的。可是，大海龜身上和他如出一體的氣息，以及直覺都在告訴他，這確確實實就是他的親媽媽。

「就是因為我的腳受過傷，我才走得這樣慢，來遲了啊。我的兒子，真要把我的眼睛也望穿了！要知道，我們好不容易才有這一天……」

大海龜把貴貴一號摟得更緊了，又不斷地親吻他。

「爸爸呢？我的爸爸在哪裏？」貴貴一號問。

「啊！你問爸爸！這是我生平最痛心的事，他被人捉走了……」

「什麼？」貴貴一號全身一顫，又痛又恨，「我的爸爸被人類捉走了？為什麼會這樣？為什麼？」

貴貴一號覺得頭上就像頂到大水雷似的，即刻就要大爆炸！

22. 真相大白

大海龜摟緊了發抖的貴貴一號，撫摸着他的頭，說：「孩子，冷靜，冷靜，你聽我說……」

但是，她來不及說，一羣大大小小的海龜游了過來，把她和貴貴一號圍在當中。

「哎呀，英勇媽媽原來在這裏！你也找到心愛的兒子了，好得很！」

「真是呢！英勇媽媽，你的兒子一定也很英勇的吧！」海龜們七嘴八舌地說。

「英勇媽媽？」貴貴一號驚奇地抬起頭，望着摟着他

流眼淚的媽媽。

「就是呀！」一位綠海龜媽媽游近他們——那正是大綠寶、綠寶二、綠寶三等龐大的綠寶家庭的締造者。她笑瞇瞇地對貴貴一號說：「你還不知道啊？你的媽媽是有史以來，首位得到『英勇勳章』的綠海龜母親，你很應該為她感到驕傲！」

「看來，我們等一會兒在慶祝會上，要好好地向下一代宣揚英勇媽媽的光榮事跡，讓大家都受教育。」綠寶爸爸也過來了，一臉嚴肅認真地說。

「十分贊成。我們把頒獎典禮的錄影片段拿到會上播放、重溫好了。」海龜姐姐熱情地說。

大家簇擁着貴貴一號和他的媽媽，一起走到附近的海底宮殿去，隆重舉行一個慶祝小海龜回家團圓的盛大派對。

這海底宮殿，依着一道高大的石屏而建，雄偉豪華。建築的材料，差不多都是天然的，令小海龜們大開眼界。數不清的入口，由不同顏色、形狀各異的礁石砌成。而走廊、過道的每一個窗櫥，也擺設着精美可愛的蜆殼、螺殼及珊瑚石。

進入閃爍輝煌的宴會廳，便可看到滿布每一席上，盡

是清香可口的紫菜、海帶和海藻，看得小海龜們眼饞嘴也饞。

待各賓客全就座之後，主席宣布大會開始。首先，由大綠寶的爸爸致歡迎辭。他代表所有的小海龜家長，歡迎孩子們從千里迢迢之外的香港，長途游泳，穿風越浪，克服重重困難，成功回歸家園。他特別為自己的兒子大綠寶感到自豪，因為在他的帶領下，一隻小海龜也沒有少，齊齊全全回到父母身邊，這是他和太太最感到安慰的。他又衷心祝賀其他海龜家庭兩代團圓，尤其是令人尊敬的「英勇媽媽」母子，因為他們的相聚非常不易！

在大家熱烈的鼓掌聲中，主席鄭重宣布，大會重播英勇媽媽頒獎典禮的錄影片段，全場一時鴉雀無聲。場中懸掛着的大銀幕，立刻再現了半個月之前在同一地點舉行的頒獎典禮實況——

當時的大會主席，非常激動地介紹貴貴一號的媽媽，也就是英勇勳章獲得者的事跡：在大會召開前的春天，貴貴一號的媽媽和爸爸出外找食物。非常不幸，在他們回程途中，他們被開船捕魚的人類發現了！兇狠的漁人緊追不捨，在他們九死一生的關頭，貴貴一號的爸爸吩咐媽媽一定要保護好自己，爭取早日游到香港，把肚中的孩子好好

地生下來。然後，他就悲壯而去，獨自把漁人引開⋯⋯結果，貴貴一號的媽媽逃脫了，爸爸卻一去不回。

強忍着失去丈夫的莫大悲痛，貴貴一號的媽媽日以繼夜地游到香港。在路上遇到種種艱難險阻，她都堅強地克服了，好不容易，終於游到香港的南丫島。她天天含着眼淚，一邊想念着貴貴一號的爸爸，一邊默默地生下一個個小海龜蛋。

不料有一天，她被一羣邪惡的人類看見了，那些人馬上下毒手強搶她的蛋。面對兇猛無比的敵人，好一個英勇媽媽——她死死地趴着蛋兒，就是不放！邪惡的人類氣壞了，用利器刺傷她的腳，硬把她連龜帶殼地掀翻，一窩蛋也生生被搗爛⋯⋯好在有一班善良的人類及時走來，把她和最後一個完整的蛋搶救出來，並且將那些邪惡的壞人逮捕法辦。

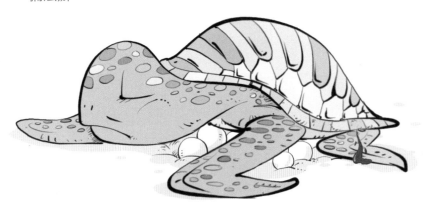

23. 香港一號

「媽媽，真沒想到，你受了那麼多、那樣深的苦難，才把我生下來，你好勇敢！真是很偉大！謝謝你！媽媽！」貴貴一號聽了媽媽的英勇事跡，感動得淚如泉湧，聲音也變了。

「英勇媽媽，你是我們的好榜樣！」

大綠寶等小海龜，也紛紛向英勇媽媽致敬。

綠寶二更一邊抹眼淚，一邊握着英勇媽媽的手說：「敬愛的英勇媽媽，你不止有貴貴一號一個兒子，還有我們這許許多多的兄弟姐妹，都願意做你的好兒子、好女兒。」

英勇媽媽慈愛地撫摸她的頭。

大綠寶站得直直的，又對貴貴一號說：「從英勇媽媽的事跡中，使我看得到事情的另一面。原來，人類有壞的，也有很好的。我們不能只看一面，就否定另一面。」

貴貴一號點點頭，真誠地說：「你這話很對，我也犯過錯，今後，我也要全面地判斷事情和人類。」

「你們兩個小傢伙，講得都不錯嘛。我也可以親身給你們作證。」

一個陌生的聲音，傳到他們中間。

「喲，是你！香港一號媽媽。怎麼你也抽空過來了？」英勇媽媽抬眼望見隨聲而至的大綠海龜，有些感到意外。

「聽到你們母子團圓的特大喜訊，我怎麼能不來呢？」

對方親熱地把英勇媽媽母子一起擁抱起來，又盯着貴貴一號說：「這就是你的好兒子吧。看他的一雙眼睛又大又圓又有神，像極了他的爸爸！」

「是的。兒子，快叫香港一號媽媽好！」

「香港一號媽媽好！」貴貴一號跟着叫了一聲，問，「這名字好奇怪，為什麼會有這樣的名字？是誰起的？」

「這就是人類的傑作。在我到香港產卵的時候，他們把一隻微型衛星發訊器安裝在我的背殼上。」香港一號媽媽說。

貴貴一號和大綠寶定睛看着她的龜背，上面果不其然有個金屬小盒子似的物體。

「這是用來做什麼的？」大綠寶好奇地問。

「就是用來追蹤監察我們的行動和生活習性，好讓他們得到最新的資訊，再制訂方針、方法來更好地保護、繁殖我們綠海龜。」

「啊！他們想得真周到。」貴貴一號說。

「是的。聽說現在全世界有二十五隻綠海龜安裝了發

訊器。而香港，就只有我們的香港一號媽媽第一個被選中安裝發訊器，所以人類把她稱作『香港一號』，實在是不簡單啊！」英勇媽媽説。

「沒什麼，這也是為綠海龜大眾服務，只希望我們綠海龜，將來和有良知、有愛心的人類，能在地球上相處、生活得更加好。」香港一號媽媽説。

大會主席舉着杯子走過來説：「就是為了這個目標，我們大家都要一起努力！」

「努力！努力！」

整個宴會廳一起回應。貴貴一號雙眼熱辣辣的，模糊了視線。兩個爸爸——海龜爸爸和人類爸爸的形象，瞬間在他的腦海中浮現，越來越高大，漸漸地合而為一……

附錄：周蜜蜜主要的兒童文學原創作品

出版時間	作品名稱	出版社
1984	心意	新雅文化事業有限公司
1986	想飛的高高	新雅文化事業有限公司
1986	我有一間屋	綠洲出版社
1987	神面小公主	山邊社
1987	寧寧觀鳥記	小島出版社
1989	兒童院的孩子	山邊社
1989	我喜歡和不喜歡	啟思文化事業有限公司
1989	杜鵑花開了	啟思文化事業有限公司
1990	親親	現代教育研究社
1990	太空垃圾	啟思文化事業有限公司
1991	小海豚的夢	現代教育研究社
1991	愛熱鬧的珠珠	現代教育研究社
1991	留住春天	現代教育研究社
1991	三個媽媽和一個女兒	現代教育研究社
1991	伴你成長——媽媽的十二封信	啟思文化事業有限公司
1991	夢斷童年	崑崙出版社

1991	爸爸要下台	香港電台
1992	大個仔計劃	獲益出版事業有限公司
1992	神奇女俠	新雅文化事業有限公司
1992	尋龍探險記	真文化出版社
1993	都市奇遇	新雅文化事業有限公司
1993	毛毛的毛毛	新雅文化事業有限公司
1995	多多教你上法庭	香港政府新聞處
1995	多多告訴你	香港政府新聞處
1996	新來的格格	香港公民教育委員會
1996	天王的手錶	香港公民教育委員會
1996	奇怪的小魚	香港公民教育委員會
1996	成績表風波	香港公民教育委員會
1996	那一雙眼睛	啟思文化事業有限公司
1996	風球下	真文化出版社
1997	小小 X 檔案 - 複製驚魂	香港皇冠出版社
1997	小小 X 檔案 - 天宇追蹤	香港皇冠出版社
1997	小小 X 檔案 - 異類世界	香港皇冠出版社
1998	灣仔雷爺的故事	香港皇冠出版社
1998	油尖區的並蒂蓮	香港皇冠出版社

1998	鱷魚頭鷹風雲	香港皇冠出版社
1998	虛幻王國之謎	香港皇冠出版社
1998	真心救地球	香港皇冠出版社
1998	童眼看世界	突破出版社
2003	跳跳和妙妙	和平圖書有限公司
2003	好笑看！看！看！	和平圖書有限公司
2003	叻叻神風隊	香港中文大學出版社
2003	小貓咪聯網	和平圖書有限公司
2003	波斯灣海島	聯經出版有限公司
2005	愛你！愛你！綠寶貝	和平圖書有限公司
2006	飛吧飛吧，美麗的生命	和平圖書有限公司
2006	聽聽，說不完的風中傳奇	和平圖書有限公司
2007	神奇貓約會	和平圖書有限公司
2008	問題少女的秘密	和平圖書有限公司
2009	會鳥語的媽媽	少年兒童出版社
2011	周密密經典童書	海豚出版社
2011	現代快樂故事	現代教育研究社
2012	龍龍一族親子故事	香港好出版社

獲獎作品：

- 《心意》：榮獲 1984 年新雅兒童文學創作優異獎。

- 《想飛的高高》：榮獲 1985 年新雅兒童文學創作
  冠軍。

- 《寧寧觀鳥記》：榮獲 1987 年香港前市政局中文
  創作比賽兒童文學優異獎。

- 《兒童院的孩子》：榮獲 1989 年八十年代最佳兒
  童故事獎、1991 年第一屆香港中文文學雙年獎、
  2012 年第二十三屆冰心兒童圖書獎。

- 《杜鵑花開了》：榮獲 1993 年香港兒童文藝協會
  環境保護創作獎。

- 《跳跳和妙妙》：榮獲 2001 年中國第二屆張天翼
  童話獎銅獎。

- 《親親》：榮獲 2005 年冰心兒童圖書獎。

- 《愛你！愛你！綠寶貝》：榮獲 2006 年冰心兒童
  圖書獎。

- 《會鳥語的媽媽》：榮獲 2011 年最受歡迎原創兒
  童故事。